メディアワークス文庫

# キッチン「今日だけ」

十三 湊

JN075437

# 目　次

# 第1話　いくら葉っぱを剝かれても

小花菓子店

たいていの料理はできたて熱々《あつあつ》がおいしいのに、お菓子の多くはそうじゃない。なめらかなカスタードプリンは、蒸した後に冷蔵庫へ。つややかなゼリーは、そもそも冷やさなければ固まらない。ふんわりとふくらんだシューも、スポンジケーキも、冷める前にクリームをあわせたらだれてしまう。

焼き菓子だって、冷めてからのほうが断然おいしいのだ。

ケーキクーラーの上で冷ましていたレモン型のクッキーをつまんでみる。熱と蒸気が抜けた後のそれは、触ったときからすでに軽やか。

形がわずかにくずれたものを選んで歯を立てると、カリッとした歯ごたえの後でほろほろと崩れる。鼻へ抜けるかすかなレモンの酸味も爽やか。

いい感じだ。

着色していない真っ白なロイヤルアイシングを、縁取りしてから表面に塗っていく。アイシングが乾きはじめる前に、細かく刻んだピスタチオを中央にひと振り。

アイシングはむらにならないように、均一に。並べたときに美しいよう、ピスタチオの量と散らし方は他と揃《そろ》えて。

作業を始めると、私の頭の中はもう、それだけになってしまう。

胸の中に渦巻いていた鬱屈は、静かに底へ沈んでいく。頭も胸も、澄み切った水でいっぱいになる。

ガタガタガタッ

不意に音がして、肩が震えた。

アイシングを塗っていた手を止める。

表の木戸を揺らす音。よく聞き取れないけれども、声も聞こえる。

反射的に息を止めていた。

ザッザッザッ

しばらくすると、別の音が近づいてくる。

砂利《じゃり》を踏む足音だ。

生け垣や門はあっても、外部を完全に遮断するわけではない。そんな田舎の家のつくりが、今は恨めしい。

身が縮む。スプーンを置き、作業台の端をぎゅっと握りしめた。

厨房《ちゅうぼう》の窓を横目で見る。

昔ながらの模様入り磨《す》りガラスが目隠しになって、中は見えないはず。

あの窓も、もう開けられなくなった。

作業台の端をつかんだまま窓を見ていると、にゅっと窓の外に人の顔が現れる。

はっきりとは見えないけれど、肌と髪の色で、男性の顔だとわかる。

息をひそめたまま、微動だにせず、私は立っていた。怖くて、もう窓のほうも見られない。

——一分か、二分。ひょっとしたら、それ以上だったかもしれない。

ザッザッ

根比べのような時間の後で、再びの足音。

音が完全に聞こえなくなるまで、私は動けなかった。

再びクッキーにアイシングを塗りはじめても、澄んだ水のような心地は戻ってこない。

胸のうちは攪拌《かくはん》されて、ひどく濁っている。

クッキーを乾かしながら、思った。

ここを離れよう。一時的な避難じゃない。完全な撤退だ。

本当は、ずいぶん前から、そうするしかないと思っていた。

すぐに実行に移せなかったのは、ここが私の「夢の店」だったから。


二十六歳の春。

そうして夢は、叶《かな》った直後に儚《はかな》く消えた。

✿

父が転勤族だった影響で転校を繰り返して十余年、日本各地をさすらった。

おいしいお菓子屋さんにはたくさん出会ったのに、最強の和菓子屋は「たねや」だとずっと思っている。

これは、きっと、ともに滋賀県で生まれ育った両親の刷りこみの結果。

お中元はさっぱりとした甘さの「本生羊羹《ほんなまようかん》」、秋の贈りものは栗《くり》のぎっしり詰まった「栗月下《くりげつか》」、お歳暮は求肥《ぎゅうひ》入りの餡《あん》を最中《もなか》で挟む「ふくみ天平《てんぴん》」。

そして、近江八幡《おうみはちまん》にやってきたら、八幡堀《はちまんぼり》のお店で必ず「つぶら餅」を入手する。

木の船皿にのった、まん丸な餅。一見、たこ焼きにも見えるそれは、表面が香ばしく色づいていて、手のひらにも熱が伝わってくる。

楊枝《ようじ》を刺すと、さっくりとした表面がかすかな音を立てる。色づいたやわらかな餅の中には、甘すぎない粒餡《つぶあん》。

店の前の縁台《えんだい》に腰かけ、私は幸福のため息をついた。

甘いものはいい。気落ちしているときにだって、しっかりおいしい。

「美月《みつき》」

小豆茶《あずきちゃ》を飲んで一息ついたとき、名を呼ばれた。

隣で餅を頬張っていた母が、何気ないふうを装って、口を開く。

「あんたの店、つぶれたんでしょ」

実家に戻って、今日でちょうど一週間。

〝買い物に行くから一緒に来て。荷物持ち。暇でしょ〟

そう言って母に連れ出されたときから、この話が出るだろうと、覚悟はしていた。

しかし、あまりにも単刀直入すぎる。

「つぶれてないよ」

二つめの餅をかじりつつ、私は短く答える。

「だからお父さんが言ったでしょ。店なんか無理だって」

母が大きくため息をつき、言い募る。

「あんたは昔から考えなしすぎるの。いつも思いつきで行動して、失敗する」

「失敗してないってば」

私は短く言う。

二つめの餅を切るのに懸命、というふりをして、母の視線から逃れる。

「お店だって辞めたわけじゃないし。疲れたから店頭販売をしばらく休むだけ、って言ったじゃない」

言いながら、ちょっと苦しいな、と自分でも思っている。

自分の菓子店を開いたのが、今年の一月。二月の終わりに対面販売を中止し、三月中旬には店の休業を決めた。

疲れて休むだけなら、わざわざ実家に戻る必要はない。店の奥には居住スペースがあって、私はそこに住んでいたのだから。

「だから早すぎるって言ったのに！　いつも親の言うこと聞かないんだから」

私の言うことをまったく聞かず、母はぷりぷりと怒っている。

早すぎる、女一人で店はやれない、結婚してからにしろ——一年前に独立の相談をしたところ、父にそういって猛反対されていた。

歳《とし》は関係ない、時代錯誤すぎる、菓子職人の仕事と結婚には何の関係もない——そう反発して開業した手前、私は店を閉めたことを言えないでいる。

そら見たことか、という反応が返ってくるのは明らかだったし、詳しく話したら店を続けることに猛反対されてしまう。

店がうまくいかなかったことは当然バレているようだったけれど、両親は経営不振が理由だと思っているようだった。もうけが出ず生活できなくなったから実家に転がり込んできた、と思っているのだ。その証拠に、私が渡そうとした生活費を、母は「取っときなさい」と突き返した。

「頑固すぎるのよ。言うこと聞けば、お父さんだって援助してくれたでしょうに。あんたは、そこが下手なの。見てたらわかるでしょ、お兄ちゃんは甘え上手よ。昔からあんたは……」

つぶら餅を食べ終わり、母の繰り言を聞き流しながらお堀のほうへ歩いていく。

三月下旬のお堀端は、桜の花盛り。

水路の水面には、立ち並ぶ蔵と桜の枝が映っている。散った花びらが集まり、雲のように水面の景色の上を流れていく。

八幡堀の周辺は、たいへんな賑《にぎ》わいだった。

学生は春休みに入っているうえ、桜の時期でもあり、観光シーズンど真ん中。平日なのに、「たねや」にも、同じグループの洋菓子店「クラブハリエ」にも、人があふれている。

みんな明るく楽しげだった。

和菓子の入った大量の紙袋をぶらさげながら、思う。

私は恵まれている。

兄夫婦とその子ども二人と同居しているのに、両親はなんだかんだで急に戻ってきた娘を受け入れてくれている。義理のお姉さんも、少なくとも表面上は嫌な顔を見せない。

でも、家は出なければならないかもしれない。自分の店を続けようと思うのなら。

親の厄介になっている状態で親の言うことを突っぱね続けられるほど、私の意志は強くない。

「お嬢さんたち、乗らない？」

歩いていると、声が飛んできた。

見ると、お堀の船着き場で船頭さんがこちらに向かって両手を挙げている。

三角の笠《かさ》をかぶり、「水郷」と染め抜かれた藍染めの法被《はっぴ》を身につけて、お堀端に立っている。

はっと目を惹《ひ》く立ち姿。背が高く、肩幅が広い男の人だ。

「今しか見られない桜のクルーズ！　お席はあと二つ！　きれいな景色を見られて、お嬢さんたちはハッピー！　満席出航で僕もハッピー！　双方によし！」

やけに朗らかな口調で勧誘してくる。

笠でよく見えなかったけれども、バチンとウインクしてよこしたのがわかった。

現実でウインクする男の人、初めて見た……。

「やだ、お嬢さんだなんて、ホホホ。そんな歳じゃないわよお」

口元に手をあてて、母は笑った。

船着き場の立て札に目をやる。大人一五〇〇円。

「お母さん、私乗りたい」

私は言った。

「ええっ、珍しい。……まあ、たまにはいいわよね」

「乗りまーす！」

右手を挙げて、私は声を張った。

クルーズに興味があったわけじゃない。母の話が「これからどうするの」に及びそうになったからだった。方策が見つかるまで、隠し通さなければならない。

お堀沿いの小道へと階段を降りていく。

「満席でーす！　そろそろ出航しまーす。さあさあ、お嬢さんたち、足もとにお気をつけて」

すでに船に乗っていたお客さん、そして私たち母子に向かって、船頭さんは声をかける。

笠を傾けて見せた顔は、三十代後半、といったところだろうか。

目鼻立ちがくっきりとした、人なつっこい雰囲気の人だった。

✿

「さあ、船で進んでおりますこのお堀、八幡堀と呼ばれております。今からさかのぼること四五〇年ほど昔。みなさまご存じ、天下統一を成し遂げた豊臣秀吉《とよとみひでよし》。その甥《おい》にあたる秀次《ひでつぐ》が、この地を与えられて、あの八幡山《はちまんやま》にお城を築いたのが始まりでございます。お城の防衛と物流のため、琵琶湖《びわこ》と城下を結ぶお堀を作ったとのこと」

船を漕《こ》いでいた船頭さんが、朗々と語る。

ものすごい美形だというわけでもないのに、不思議と視線を惹きつけるような存在感がある。

「その後に、秀次がたどったなんとも不幸な運命。歴史に詳しい方はご存じでしょうか――はい、そこの素敵なお父さん」

講談のようなリズムで話していたかと思ったら、突然教師のように指名したり、小さな子どもたちを促して一緒に歌ったり。

船の上は完全に彼のペースだった。

たまたま船に乗り合わせただけの他人なのに、いつのまにか「船頭と仲間たち」みたいな空気感ができあがっている。

「そういった次第で、秀次は亡くなり、残念ながらお城も廃城。しかし、このお堀の水運のおかげ。城下町は商人の町として発展いたします。地元で作った商品を外へ売る、各地の商品を持ち帰ってまた別の場所へ売る。『買い手よし、売り手よし、世間よし』――みんな幸せ、三方《さんぽう》よし。この哲学で有名になった近江商人、その拠点の一つが、この近江八幡でございます」

お堀端の道を歩くのと、船に乗るのとでは、感じられる風景が全然違う。

桜と柳、立ち並ぶ蔵、石垣の上に築かれたお屋敷《やしき》。

景色が新しく切り開かれて広がっていく。

車とは違って、ちゃんと目に留《とど》められるスピードで、景色が流れていく。

川風に吹かれていると、不思議と体から鬱屈が流れて抜けていった。

髪を逆立てた母も、笑っている。

三十分はあっという間だった。

「さあさあ、クルーズも終わりが近づいて参りました。みなさま、ランチはお済みですか？　近江八幡にはおいしい料理の食べられるお店がたくさんありますが、今日はちょっと変わったお店をご紹介しましょう」

腰袋から何かを取り出し、船頭さんがせっせと配りはじめる。

見ると、ショップカードのようだった。

キッチン　今日だけ
毎日ちがうお店があなたをお迎えします
URL：https…

裏には簡単な地図と住所。ホテル・ヴォーリズ1Fレストラン、と書かれている。

「こちらは、世にも珍しい日替わりのレストラン。今日ですと、朝は喫茶店、昼はサンドイッチ専門店、夜は晩飯屋。ちなみに昨日の朝はベーカリー、明日の昼はカフェでございます」


飲食関係の仕事をしているから、多少はわかる。

いわゆるシェア店舗、シェアキッチンなのだろう。

一つの店舗を、時間ごと、日ごとに別の人・団体が借りて運営しているのだ。

私も自分の店を開く前は、マルシェに出店するために、「菓子製造業許可」を取得しているシェアキッチンを借りて焼き菓子を作った。自宅のキッチンで作った食品を、商品として売ってはならないのだ。法律で決められたいくつもの条件をすべて満たし、許可を取った場所で調理しなければならない。

「アメリカからやってきた建築家ウィリアム・メレル・ヴォーリズは、近江八幡に縁が深く、ここでさまざまな建物を手がけております。ホテル・ヴォーリズもその一つ。もとは近江商人の別邸でありました。大正時代の西洋建築の粋《すい》、お泊まりになってどうぞご堪能《たんのう》ください。お泊まりの予定がない方は、ぜひ『キッチン 今日だけ』に。なぜここまでお勧めするかと申しますと、私、矢吹健吾《やぶきけんご》、ホテル・ヴォーリズの関係者でございます。今日はと申しましたが、毎日宣伝しております。オーナーが妻の母でして、入《い》り婿《むこ》は肩身が狭いので、こうして外で営業活動にいそしんでいる次第」

流れるような口調でネタばらしをして、船頭さんは乗客を笑わせた。

船着き場に着いて、一人ずつ順番に船を下りる。

船の先と岸に足をかけて見送りに出ていた船頭さんが、不意に声を落として私に向かってささやいた。

「お嬢さんには、こちらもどうぞ」

手早く、折りたたんだ紙らしきものを差し出す。

「あ。ありがとうございます」

思わず受け取ってしまったけれど、なぜか渡されたのは私だけだった。

いぶかしげに船頭さんの顔を見返す。

彼はまたウインクして見せただけだった。芝居がかった仕草が不思議と似合う。

「おもしろかったね～」

先に船を下りていた母は、私の受け取った紙には気づいていないようだった。

「せっかくだから、何か食べていこうか」

「そうだね。ここ、見に行ってみる？」

ショップカードに目を落として私は言う。

その下に、こっそり手渡された紙を重ねていた。「シェアキッチン　今日だけ」、の文字が見える。

私は足を止めて、船着き場を振り返った。

船頭さんは、もうすでに次のお客さんを乗せていた。

✿

近江八幡は、琵琶湖の東岸、滋賀県の中央に近い場所にある。

観光の中心になっているのは、八幡堀の周辺。

苔《こけ》むした石畳の道に、お堀端にある柳や桜の木、立ち並ぶ蔵。時代劇のロケ地になっているのも納得の風情あるエリアだ。

次の見どころは、さっき船頭さんも言っていたヴォーリズ建築。

さらに近江商人の屋敷が建ち並ぶ通りや、洋館が集まった洋風住宅街もあるけれど、その他のエリアはモザイク状。普通の民家と、昔ながらの町家、西洋建築が入り交じって街並みを作っている。

黒塀で囲まれた由緒ありげな家があったかと思ったら、垢抜《あかぬ》けない小さな店の集まりに遭遇する。デザイン性皆無の手書きのお品書きが貼ってあったり、色あせすぎて店名すら読めない外観だったり、と商売っ気のなさが微笑《ほほえ》ましい。

ホテル・ヴォーリズも、そうした町並みを抜けた先にあった。ちょうどお堀がカーブする、景色の開けたエリアだ。

レンガでできた塀の向こうに、若々しい木々の緑と、三角屋根の洋館が見える。いくつものアーチ型の窓はダークブラウンの枠で縁取られ、玄関の周囲の壁はツタに覆われて独特のムードを醸しだしていた。

敷地《しきち》が広く、さすがにここは周辺の民家とは雰囲気がちがう。

「いらっしゃいませ」

開いていた門の内へ足を踏み入れると、庭で掃き掃除をしていた男性に声をかけられた。

「お食事ですか、ご宿泊ですか」

ちょっとびっくりするような美男子で、背が高い。シャツに黒のベストとスラックス、という服装をみると、ホテルのスタッフだろうか。

「食事を」

母が気取った声を出す。

「では、こちらにどうぞ」

手のひらで指し示される。

ホテルの玄関へ続く道とは別に庭へ回る小道があり、直接レストランに入れるようだ。

3月27日限定
サンドイッチのお店　三嶋《みしま》

テラスの手前に立て看板があり、店名とメニュー表が張り出されていた。

サンドイッチメインというのは、ホテルのレストランに入るお店としては似つかわしくない。でも、近江牛を使ったメニューがあるせいか、観光客らしい人々の姿が見え、そこそこに人は入っているようだった。

「いらっしゃいませ。お好きな席にどうぞ」

奥から女性の声が飛んできて、私たちはテラスに近い窓際の席に座った。

室内には、さんさんと春の日差しが差し込んでいる。

ウェイトレスの若い女性が持ってきたお冷やには、ミントの葉を閉じ込めた氷が入っていた。メニュー表は表にあったものと同じで、写真の代わりに可愛《かわい》らしいイラストが添えられていた。

「きれいな窓」

壁に目をやり、私はつぶやいた。

アーチ型の窓の半円状の部分がステンドグラスになっているのだった。紫色の葡萄《ぶどう》がつるや葉とともにデザインされている。

外側がダークブラウンだった窓枠は、室内から見ると淡いグリーン。そのために部屋の印象がとても明るい。

「こんなホテルがあったんだね。知らなかった」

母もの珍しげに、室内を見回している。

元はサンルームだったのかもしれない。大きなアーチ窓がたくさんある、南向きの部屋だ。ダークブラウンの木製テーブルが大小あわせて八つ。テーブル同士の間が広く空いていて、空間に余裕がある。

「いらっしゃいませ」

新しくやってきたお客さんに、ウェイトレスが声をかける。

厨房とホールを行き来するウェイトレス。厨房にいるスタッフは、たぶん一人。

お客さんが一度にたくさん入るつくりになっていないから、二人で回せるのだろう。ウェイトレスの女の人は感じがよかったけれど、接客に慣れている感じはしない。ちょっと緊張しているのがわかる。初めて店をやっているのかもしれない。

母がお手洗いに行っている間、私はバッグから折りたたんだ紙を取り出した。さっき船頭さんからこっそり手渡されたものだ。

シェアキッチン　今日だけ

ショップカードが食事をしにくるお客さん向けだとすると、こちらは店を借りる利用者向けのリーフレットらしい。

まっさきに、菓子製造業許可が取得済みであることを確認する。

貸し出しの範囲は、厨房、レジカウンター周辺、客席の三つに分かれていて、厨房だけ借りることもできる。テイクアウト専門にするなら、厨房とレジカウンターだけで事足りる。

休日は、書き入れどきだというのもあって、料金設定は高め。だけど、通販用に厨房のみを借りる場合、いちばん料金の安い平日の夜だけで回せる。

いったいどうして、私が店をやる側だとわかったのだろう。

謎のままだけど、店を失った私にとって必要なものを、彼は見抜いたのだ。

✿

私はめったに迷わない。

正確に言うと、迷わなくなった。

十代のころは、そうでもなかった。友だちと遊びに行くときに何を着るかで頭を悩ませていたし、同じ時間にやっているテレビ番組のどちらを見るかなんてどうでもいいことでも、なかなか決められなかった。

大人になったあるとき、気づいたのだった。

実行を先延ばしにしているだけで、「どうしたいか」は直感的に決まっていることに。

「もっといい選択肢があるんじゃないか」と考えたり、不安を拭い去れなかったりしてぐずぐずしているだけで、心はすでに決まっている。

単純に、難しいことを考えるのが得意じゃないのかもしれない。条件を比較して検討した結果よりも、直感に従って決めたほうがうまくいく。

「キッチン　今日だけ」も、同じ。

建物が素敵だとか、ステンドグラスがきれいだとか、船頭さんがおもしろかったとか。

理由はいろいろ挙げられるけど、「なんとなく気に入った」だけで十分だ。

そういう直感は、たいていあたっている。

近江八幡から帰ってきたその日のうちに、私は電話をかけて見学の予約をした。

✿

昨日から乾かしていたクッキーのアイシングは、完全に乾いた。

自作のクッキー型で抜いたレモンの形は、丸みが強くて、ちょっといびつなところが可愛い。

国産レモンの果汁を使った甘さ控えめのクッキー生地は、アイシングを塗ると味にコントラストが生まれて、きりりと引き締まる。それに何より、可愛い。

普通は、アイシングを塗った後でさらに焼くことはない。色にむらができてしまうから。でも、レモンクッキーだけはアイシングを塗った後で一分だけ焼く。アイシングが磨りガラスのように半透明になって涼しげだし、その色むらがアンティークっぽい趣を醸し出してくれる。

乾いたクッキーを乾燥剤と一緒に袋詰めして、シーラーで密封する。透明な袋には、食品表示ラベルと、花の模様で縁取られた「小花《こはな》菓子店」のシール。

自然と口元がほころぶ。

このシールが無駄にならなくてよかった。Webでの受注生産だけでも、再開できてよかった。そう思う。

そして何よりも、お菓子を作るのは楽しい。

発送準備をした箱を紙袋二つに詰め、裏口から外へ出る。

うきうきした気持ちのまま、つま先立ちでターンした。遠心力で広がるスカートと、揺れる紙袋。くるりと二周――する前に、建物の陰から現れた川端《かわばた》さんと目が合った。

「……ごめんなさい」

手で顔を覆い、私は言った。浮かれて踊っているところをばっちり見られてしまった。

「いいことあったんですね」

微笑んで、彼が言う。

「ええ、まあ……恥ずかしい……」

「手伝いますよ」

如雨露《じょうろ》を持っていた彼は、もう片方の手を紙袋のほうに差し出した。

かさばるだけで重くないし、一人でも運べる。でも、せっかくの親切なので甘えることにした。

川端さんはホテルのスタッフで、シェアキッチンの管理を担当しているらしい。

歳は私よりたぶん二つか三つ上で、物腰の穏やかな人。母とここへ来たとき案内をしてくれた、目元の涼しい美形だ。

澄んだ水のような彼の雰囲気に、私はたまに、いたたまれなくなってしまう。調理のときは常にすっぴんなので、同じ空間に存在することが申し訳ないのだ。

「小花さん、いつもきれいに使っていただいて、ありがとうございます」

川端さんは、並んで歩きながら、上半身を傾けるようにして私の顔を見た。

私の背が低いので、長身の彼はいつもこういう仕草をした。

不思議に思って顔を見上げると、彼は目元を緩めた。

「毎回、掃除を徹底してやってくださるので、助かっています」

合点《がてん》がいった。

シェアキッチンを借りるときは「原状回復」して返すのがルール。だけど、掃除のやり方が甘い人も多いのだろう。

「修業先で、掃除はすっごく厳しく仕込まれたんです。今も、キッチンとか厨房だけはしっかりやる癖がついていて。部屋はめちゃくちゃなんですけどね」

母に借りた軽自動車のトランクに紙袋を積み、私は答えた。

川端さんが何か言いかけたとき、声が割り込んだ。

「おーい、櫂《かい》くん、櫂くん！」

声とともに建物の影から現れたのは、サンタクロース——のようなシルエットの、ズタ袋をかついだ男性だった。

「大量のキャベツだよ〜！　——や、お客さん？」

麦わら帽子をかぶり、ゴム長をはいている。

前に会ったときから十日近く経《た》っていたし、顔は覚えていなかった。でも、その声と話し方で、すぐに誰だかわかった。船頭さんだ。

「こんにちは」

私が先に挨拶すると、船頭さんは声を上げた。

「こんにちは。おお、あなたはいつぞやのお嬢さん！」

「小花さんですよ」

川端さんが言うと、彼はズタ袋を下ろした。

「小花さん、たびたびのご利用、ありがとうございます。いつもきれいに掃除してくださっているそうで！　いきなりですが、キャベツいります？」

「え、キャベツ？」

「うちで作ってる春キャベツ」

ズタ袋を開いて中を見せる。柔らかな薄緑の玉がいくつも入っていた。

「櫂くん、新聞紙と紙袋持ってきてよ。キャベツ持ち帰ってもらうから——小花さん、いくついります？」

「じゃ、じゃあ、一つお願いします」

食べ盛りの甥姪《おいめい》がいるから、母や義姉《あね》は喜ぶかもしれない。

「ご家族は何人？」

船頭さんが重ねて尋ねる。

「七人です」

「じゃあ、もう一玉どうぞ」

「矢吹さん、押しつけないで。小花さん、いらなかったら断ってくださいね」

川端さんが言い置いて去っていく。

「──あの、ホテルの方ですよね？」

念のため、私は船頭さんに尋ねる。

確か、関係者だと船で言っていた。でも、この人にホテルで会うのは初めてだ。応対してくれるのはたいてい川端さんだし、もう一人、年配の女性スタッフを見かけて挨拶を交わしただけだった。

船頭さんは眉を上げ、思い至ったようにうなずいた。

「失礼。申し遅れました。支配人の矢吹です！」

どこからどう見ても「農家のおじさん」の彼は、元気いっぱいにそう言った。

✿

お急ぎでなければ、と矢吹さんからお茶に誘われた。

久々にテラス席に座る。

私は毎回厨房しか使わないし、一人で全部やってしまうから、ここに座ったのは最初の申し込みのときだけだった。

初めて店を開く人には、川端さんが流れや必要なことをレクチャーしたり、相談に乗ったりするらしい。私が厨房を使っている間、川端さんが別の人とこのテラス席で話をしているのをよく見た。

庭には春の夕方特有の、もの悲しいような翳《かげ》った日差しが満ちている。テラスの敷き詰められたタイルの向こうには、青々とした木々の緑と、色とりどりの花々。

「矢吹は着替えて参りますので、お先にどうぞ」

川端さんは初回の打ち合わせのときと同じように、紅茶を出してくれた。

ティーカップの持ち手は金色だった。グリーンの葉と枝、金の花と実の絵付けが美しい。シェアキッチンの備品として、レンタルすることもできるそうだ。

「そういえば、最初にお会いしたとき、矢吹さんが私にだけシェアキッチンのリーフレットをくださったんです」

きれいなティーカップを恐る恐る口に運んでから、私は言った。

「どうして店をやってる人間だってわかったのか、不思議で。ここを借りること、母に知られたくないのもわかってるみたいで……」

今日、直接聞けそうでよかった。

そう私は言ったのだけれど、川端さんは苦笑した。

「本人が来る前にバラしますけど、推理とか洞察力の賜物《たまもの》じゃありませんよ」

そう言って、これまで礼儀正しく距離を保っていた彼は、不意に顔を寄せてきた。口元に片手を添えて、小声で言う。

「──歳甲斐《としがい》もなくはしゃいでるでしょう、あのおじさん」

その途端だった。

「こらーっ！」

声が飛んできたかと思ったら、レストランの中から矢吹さんが走り出てきた。

「こらこらこらこら！　また俺の悪口言ってる！」

わめきながら、川端さんの背中をどすどすと人差し指で突いている。

川端さんは平然と姿勢を戻し、私を見た。

「──ということです。地獄耳」

「なるほど……」

母と私の会話が聞こえていたのだ。距離があったし結構な人混みだったのに、と思うけれど、今ので納得してしまった。

川端さんに相手にされず、矢吹さんはしぶしぶ椅子に腰かけた。

「お待たせしました。あらためまして、毎度ご利用ありがとうございます」

姿勢を正して私に向かって頭を下げる。

長めのカールした髪が揺れる。Tシャツとジーンズという服装は、やっぱり支配人には見えない。船頭姿のときにはよくわからなかったけれど、筋肉質のがっちりした体格で、二の腕がぱんぱんだ。

「こちらこそ、お世話になっています。よかったら、これ、お茶請けにどうぞ」

私はバッグから缶を取り出した。

焼き色がいまいちだったり、アイシングのラインがちょっぴりゆがんでしまったりして、商品としては売れなくなってしまったクッキーだ。たいてい、自分や甥っ子姪っ子たちのおやつになる。

「えっ」

「ええっ」

二人が缶の中を見て、同時に声を上げた。

「えっ、なんですかこれ」

　矢吹さんが目を丸くして訊《き》く。

「クッキーです」

「えっ、えっ、これ、小花さんが？」

　さっきから彼は「えっ」ばかり連発している。

　どうぞ、と再度勧めると、彼らは一枚ずつクッキーを手にした。

「これ、花もレースも手書きですか？」

　クッキーをまじまじと見て、川端さんが尋ねる。

「ええ」

「超絶技巧じゃないですか。線にゆがみがない」

「いえ、練習したら誰にでもできます」

　一つは、淡いピンクのベースに、花びら型の口金《くちがね》でアイシングを絞り出し、いくつもの桜の花を描いた丸いサブレ。花の中心には、黄色や濃いピンクで蘂《しべ》を描いた。

　もう一つは、スクエア型のクッキーにパステルグリーンのアイシングを塗り、その上から細く絞り出した白いアイシングでレース模様を描いたもの。

　レース模様は曲線とドットの組み合わせだし、手間はかかるけれど、慣れれば別に難しいわけではない。慣れるまで続けられるかどうか、という分かれ道はあるけれど。

——こんな高い菓子、買うやつおらん。

投げつけられた言葉は、まだ胸に刺さっているけれど。

ほしいと思ってくれる人は、いるのだ。

結婚式の引き出物に、ちょっとしたプレゼントに、ホワイトデーのお返しに。

値が張っても、食べておいしく見て嬉《うれ》しい、眺めるだけでうっとりするような美しいお菓子を贈りたいと思ってくれる人はいるのだ。

「こういうお菓子を作っていたんですね……」

川端さんがクッキーを見たまま、ため息のような声をもらした。

食品表示ラベルの「製造所」として記載させてもらうにあたり、最初に作ったものを川端さんに見てもらった。でも、あのとき作っていたのは、デコレーションなしのバタークッキーだったのだ。

「はああ……」

二人して、ため息ばかりついている。

恥ずかしくなってきて、私は言った。

「召し上がってください」

「いや、食べるのがもったいなくて……」

ぐずぐずしながらも、矢吹さんがクッキーをかじった。

「あっ、おいしい、おいしい。味もちゃんと桜だ！」

「桜の塩漬けを刻んで入れているんです」

「通販でしか売ってないんですよね。店頭販売はしないんですか？」

川端さんが尋ねた。矢吹さんもうなずく。

「うん、限定デザインとかにしたら、観光に来たお客さんにも売れるんじゃないかな？見た目だけでも、かなり華やかだし」

私は口をつぐんだ。

「店頭で売ってたこともありました」

迷って、一度言葉を切る。

「本当は、自分の店を持ってるんです。高校生のころからこつこつお金を貯《た》めて、パティスリーで五年修業して、ようやく開いたお店」

家族には言えなかった。説明したところで、スムーズに理解はされないし、詳しく説明したら今度は大事になってしまう。

でも、目の前にいる彼らは接客業だ。きっと、いろんなお客さんがいることを知っている。だから話す気になった。

「店は三か月で閉めました。もう立ち寄るのも怖いんです、自分の店なのに」

✿

小学生だったころ、夏休みに預けられた母方の祖母の家。そこで作った素朴なおやつが、私のお菓子作りの原点だった。

メープルシロップとバターがじんわりと染みこんだホットケーキに、チョコチップを混ぜ込んだ型抜きクッキー。色とりどりのカットフルーツを閉じ込めたきらきらしたゼリー。

甘くておいしいものを、食べられる。そのことよりも、きれいでおいしいものを作りだせる、ということに夢中になった。

もっとおいしいものを、きれいなものを、可愛いものを。

中学生のときから、すでにそのことばかり考えていた。

高校を卒業してから製菓学校に通い、卒業後は京都の有名なパティスリーに。

修業先のお店の労働環境は思いがけずブラックで、へとへとに疲れていた。意外に男社会で、怒鳴りつけられて泣くこともしばしばだった。

それでも勤め続けたのは、おいしいお菓子を作るために必要な修業だと思えたから。

そして、いつか自分のお店を持つための資金を貯める必要があったから。

母方の祖母の家は、高島《たかしま》――湖西地方と呼ばれる琵琶湖の西側にあった。

豊かな湧き水を生活の中に今も活《い》かしつづける、静かな町だ。

母は一人娘。夫である父がすでに別の場所に家を構えていたから、祖母の家を継ぐ者はいない。

「みっちゃんがお店に使《つこ》たらええ」

そう祖母が言い残してくれたから、ここが私のお店になった。

小さな古民家は、厨房と店頭販売のためのスペース、そして私の一人暮らしの家になった。

独立前から自分の作るお菓子をSNSにアップしていて、それなりにファンはついていたし、シェアキッチンを借りて受注生産も始めていた。Webで販売するお菓子を作ることがメインの店だった。

それでも、直接お客さんにお菓子を売ってみたいという気持ちはあって、販売スペースを作ったのだ。

子どものころ、ショーケースに並んだケーキを見たときはわくわくしたし、今だって色とりどりのお菓子が並んでいるのを見るとときめくのだ。

この中から好きなものを選べるのだ、という高揚感は、店頭ならでは。ブラウザ越しの写真ではやっぱり味わえない。

人がひっきりなしに往来する場所ではないから、お客さんがたくさん来ることは期待できなかった。いつか、遠くから足を運んでも手に入れたいと思ってもらえるようになればいいな。そう思いながら、週に数日だけ店を開けた。

すべり出しは、わりと順調だった。

建物をリノベーションしている最中から、近所の人と挨拶を交わしたり、立ち話をしていたりしていたから、その人たちがご祝儀代わりに買っていってくれた。

「景《けい》ちゃんとこの子か。小さいころ、ここのばあちゃん家《ち》に遊びに来てたやろ。大きなったなあ」

近所に住んでいるという合田《ごうだ》さんが来たのは、開店初日の土曜日のことだった。

五十代くらいに見える、恰幅《かっぷく》のいい男性だった。

母よりいくつか歳上《としうえ》で、同じ小中学校に通っていたのだという。

「近所の人らに宣伝しといたるわ」

十四時くらいに来た彼は、店に残っていた焼き菓子を、全部買ってくれた。

おかげで予定よりも早く店じまいすることになった。様子見のために商品を少なめにしていたのもあるのだけれど、初日から完売なんて、嬉しいに決まっている。

彼は頻繁に店に来てくれた。

土曜日はもちろん、平日の日中にもよく姿を見せた。

「まだこんなに残っとるんか」

そう言いながら、店頭に残っている商品を全部買う。

「おやつとしてこれから買いに来てくださる方もいますから」

なんとなく、胸の内側をざらりと撫《な》でられた気がして、私は言う。

十一時オープンなのだ。三時間で全部売れるわけがない。

全部売れてしまったら、量の見積もりが誤っていたということだ。

実際、早く売れてしまうと、店に来た人に「もう閉めちゃうの」と言われることもあった。

もちろん売れるに越したことはないけれど、焼き菓子は日持ちするものだから、その日のうちにすべて売り切る必要もない。

「わかってへんなあ！」

合田さんは声を大きくする。

「考えてみい、六時間かけて売るんと、三時間かけて売るんとじゃ、同じ売り上げなら三時間のほうがええやろ。余った三時間で別の仕事したり、勉強したりできるんやから。一人でやっとるんやから、そこんとこ考えんと」

言いながら、無造作に合田さんは残ったクッキーを籠に放り込む。

そのぞんざいな扱いも、気になった。

全部売れてしまうと、他のお客さんに買ってもらうものはなくなる。

私が売り切れの表示を外に出すと、合田さんは足の悪い方用に置いておいた椅子に腰を下ろし、私に指導を始めた。

「こんな高いのは売れんやろ」

合田さんは、レジカウンターの横に飾っていたクッキーを指さして言った。

通販で発送する予定のものを宣伝のために飾っていた。

スクエア型のクッキーにアイシングで装飾をほどこしたもの。

淡い水色のベースに、白でレースや花の模様をほどこした。テイストは揃えつつも、柄にはいくつかのパターンがあって、並べるとタイルのようで美しい。

有名店のものでもない私のクッキーがＷｅｂで売れるのは、ＳＮＳでこのアイシングクッキーが話題になったからなのだ。

「手間はかかりますから、値段も張りますけど。普段のおやつ用じゃなくて、プレゼント用なんです」

確かに、店頭に置いておいても、毎日たくさん売れるものじゃない。

たまに、通販用に作ったもので余ったものを店に出すこともあるけれど、店にやってくるお客さんは「わあ、素敵ねえ」「きれいねえ」と感嘆の声を上げても、それを手に取ることはめったにない。

「あかんあかん、田舎の人間なんて、安いもんがええもんなんやから。こっちの安いやつを作らんと」

「安いものがほしい人は、うちには来ないんじゃないでしょうか。お手頃なお菓子ならスーパーにいっぱい売ってますし」

控えめに、私は反論した。

合田さんが「安いやつ」と言ったディアマンだって、結構なお値段なのだ。

バターをたっぷり入れた生地と、側面にきらきら光るグラニュー糖をまぶしたそれは、「ダイヤモンド」の意味を持つその名にふさわしい。安価で売ることができないお菓子だから、お客さんはこういう店に来て買うのだ。

「わかってへんなあ！」

大げさなため息をついた後、合田さんは言うのだ。

「まあ、みっちゃんはまだ若いからな。しゃあないなあ」

商品のなくなった店に居座り、合田さんは次々に私にダメ出しをした。

商品の値段、宣伝や包装の仕方、店の内装、外装、私の服装まで。

「合田さんは、お店をされてるんですか。パティスリーとか、ベーカリーとか」

的外れに感じるダメ出しが多かったため、私は遠慮がちに訊いた。

「そうやないけど、食品関係の仕事を三十年以上やっとるんや。俺には経験がある」

経験が足りない、と言われるとぐうの音《ね》も出ない。

まだ二十代。働きはじめて十年も経っていない。知らないこと、わかっていないことも多い。実際、「コアコンピタンス」だの「バジェット」だの、合田さんが連発するカタカナの言葉は知らないものがほとんどだった。

私は毎日、十四時が近づくと、合田さんが現れるのではないかとドキドキするようになった。

二月はバレンタインデー用に、チョコレートの焼き菓子や、チョコレートボンボンを模した小さなアイシングクッキーを作っていて、店頭でもよく売れた。それなのに、全然心が躍らない。

「ああ、よかった！　今日はまだやっていて」

ある日、子連れの若いお母さんが、木戸を開けて笑顔を見せた。

「わあ、これ、可愛いね！　くまさんだ！」

幼稚園の制服を着た小さな女の子と一緒に、彼女はショーケースをのぞきこむ。

「うさちゃんがいい」

「ママは猫ちゃんにしようかな～。パパのはどれにする？」

母子は時間をかけて動物型のアイシングクッキーを選び、合わせて六つ買った。半分は家族用、もう半分はお友だちへのプレゼントにするという。

会計を終えて私が包みを手渡すと、お母さんは言った。

「お友だちが、こちらのクッキーの写真を撮っていて。すっごく可愛いので、一度来たかったんです。なかなか時間が合わなくて」

「ありがとうございます。今日はお届けできて、私も嬉しいです」

私は泣きそうになった。

心ときめかせて、真剣にクッキーを選んでくれたことに対する喜び。ほしい人に届けることができてよかった、という安堵《あんど》。これまで、そういう人に買ってもらえる機会を奪われていたのだ、という悲しみ。いろんな感情が混じった涙だった。

このとき、はっきり自覚した。

自分は合田さんを疎んじているのだと。

そして同時に、そう思う自分に罪悪感を抱いた。

合田さんは、店に損害を与えているわけじゃない。むしろ、逆だ。開店当初から店に来て、たくさん商品を購入してくれた。結構な金額だ。経営のことを考えたら、一円もお金を落とさずに「応援してます」と言うだけの人より、ずっと店に貢献してくれている。宣伝もしてくれたらしく、「合田さんに聞いた」というお客さんが来てくれたこともあった。対価も受け取らずに、アドバイスもしてくれている。

ただ親切にしようとしてくれる人を、私は邪険にしている。

的外れだと感じるアドバイスも、私に経験が足りなくてそう感じるだけなのかもしれない。合田さんが「おじさん」だから、私がネガティブな受け取り方をしているだけなのかもしれない。

そういう冷静な目も持とうとしてみるのだけど、十四時すぎに合田さんが現れると、やっぱりぞっとした。

「まだこんなに売れ残っとるんか」

ぞんざいな手つきでお菓子を籠に放り込むのを見ると、苦しくなる。

他に誰もいない店内で、二人きりになるのが恐ろしい。

人の良さそうな顔を見せていた合田さんは、このころになると、嫌な感じの視線を私に対して向けるようになっていた。意地の悪さを含んだ、ねっとりとまとわりつくような。

「わからへんなら、一から説明しよか。奥で話そ」

言いながら、彼がカウンターの中、その先の家の中まで入って来ようとすると嫌悪感で叫びそうになった。

彼が来ない日にも、いつ現れるか不安で仕方がない。

もうダメだ。

私はすぐに決断した。彼が来ない午前中のみ店を開けることにした。

ところが、彼は早期退職した身であるらしい。午前中にも現れるようになった。

ついに私は店頭販売をやめた。苦渋の決断ではあったけれど、通販のみに切り替える。

「みっちゃん、どうしたんや。急に店閉めて」

厨房で作業していると、彼が庭に入り込んで声をかけてくるようになった。

古い民家を、こんなに心許《こころもと》なく感じるようになるとは思わなかった。磨りガラス越しに彼の顔が見えると、怖くて身動き取れなくなってしまう。

そうしてついに、完全撤退に追い込まれたのだった。

✿

話し終えると、腕を組み両目を閉じて、矢吹さんはうなった。

「ううーん……⁉　教えたがりマウンティングおじさん⁉」

困っていた。

川端さんが、端整な顔を私に向ける。

「小花さん、ちがっていたら申し訳ないんですが……」

眉をひそめ、遠慮がちに彼は続けた。

「修業先に、怒鳴ってダメ出ししてくる男の先輩、いませんでした？」

私はまじまじと彼の顔を見返した。

「……え、なんでわかるんですか？　いました」

「ですよね。怒鳴った後で、『お前のためを思って言ったんだ』とか言って、言い寄ってきたり……」

「言い寄られてはいませんけど……私が控え室で悔し泣きしてたら、やけに優しく『お前のために言ってるんだよ』って肩を抱いてきた人はいました」

矢吹さんが細かく首を振る。

「いや、それは言い寄ってる、言い寄ってる」

「『体に触られるの苦手なんで、やめてもらえますか』って真顔で言ったら、それで終わりでしたけど……」

「意外に強い……」

その先輩には、その後ずっと、きつくあたられていた。そのうち独立するつもりだったので、あまり気に留めていなかったのだけども。

川端さんが気の毒そうに言う。

「そういう人の常套《じょうとう》手段ですよ。先輩後輩とか明確に上下関係があると、圧倒的に自分が優位だから。ダメ出しして権力勾配を強めた後なら、いいようにしやすいから」

「やだー。弁護士の息子は、すぐ難しい言葉使う～」

矢吹さんが茶化すように口を挟み、川端さんが彼をにらむ。

「失礼ですけど、小花さん、小柄で見た目が優しそうなので……その合田さんって人も、修業先の先輩と同じじゃないんですか」

川端さんの言う通り、私は昔から「優しそう」とよく評された。

でも、特別に優しい人間ではないと思う。

たぶん、「優しい」は、「おとなしい」「文句を言わない」という意味なのだ。背が低くて、垂れ目気味なのも、そう思わせている原因なのかもしれない。

初対面でも、なぜか相手は、自分のすることを私が許すと思っている。気が弱くて拒否できないと思っているのかもしれない。だから、私がはっきり意思表示すると、びっくりする。

やめてもらえますか、と言ったときの、先輩の顔を思い出す。まるで予想外の反撃をされたような、鳩《はと》が豆鉄砲を食らったような。

あれは、泣いている私につけ込もうとして、拒否されたから驚いていたのか。

「まあ、その合田さんも、初めは親切心だったと思うよ。ただ、『教えてあげる』とか『導いてあげる』って、気持ちいいんだよね～」

頭の後ろで手を組み、体を揺らしながら、矢吹さんは言った。

「だって、『上』に立てるからね。上下関係ができると、相手は自分の話を聞いてくれるわけじゃない。たぶんね、大部分の人にとって、自分の話を根気よく聞いてくれる人って、そこまで多くないから。気持ちよくなっちゃったんだよね。親切心と快感と、あわよくばって下心と、いろいろ混ざってるんだと思う」

私は矢吹さんの顔を見た。

ほうっと深く、ため息をつく。

「……なんだか、腑《ふ》に落ちました。だから、あんなに嫌だったんだ、って……。ずっと、親切で言ってくれてるし、お菓子も買ってくれてるのに、気持ち悪いと思っちゃって申し訳ないなって思ってたんです」

「まあ、たとえ親切心からだったとしても、『親切のつもりだった』とか『悪気はなかった』って、やってる側の都合だよ。親切だからって、受け入れなきゃいけないわけじゃないからね。拒否すると怒る人は多いけど」

矢吹さんの言葉にうなずく。

合田さんがあからさまな嫌がらせをしてきたのなら、拒否できた。でも、親切でやってくれているのだと思うと、拒否するのに気がとがめてしまう。明確な悪意でない分、抗議もしにくいし、他者に訴えたところで理解もされにくいのだ。

「店頭販売をしたい気持ちはあります」

私は言った。

「でも、できない。合田さんみたいな人がまた現れたらって思うと、怖いんです」

三百万円をかけて準備した店が、使えなくなってしまった。おばあちゃんが残してくれた、大事な場所だったのに。

Ｗｅｂ販売だけに絞っていれば、こんなことにはならなかったのだ。

矢吹さんは大きく二度、うなずいた。でもね、と続ける。

「キャベツで説明しよう」

ごそごそと足下を探り、キャベツをくるんでいた新聞紙を剝《む》いていく。

川端さんが、「後でご近所に配る」と言っていたキャベツだ。

「ここにキャベツがあります。カットされて根はありません」

私に切り口を見せたかと思ったら、矢吹さんはキャベツを両手でつかんだ。ギューッと押しつぶすような音をさせたかと思ったら、割った。バリバリバリッと素手で。

「⁉」

目をみはった。

唖然《あぜん》としている私に構わず、彼は真っ二つにした断面を見せた。

円錐状《えんすいじょう》の芯が中央に飛び出ている。

「はい、ここ、三角形になってる芯ね。これ、成長点。ここをつぶされない限り、キャベツは死にません。根から切り離されても、葉を剝かれても、水分と養分がある限り、成長し続ける。小花さんの気持ちも同じ。やりたいって気持ちがここに残ってる限り、終わりじゃない。最初のお店で上手《うま》くいかなかったのは、葉っぱ一枚のダメージ。もしここで、また同じようなことが起こったとしても、また葉っぱ一枚」

矢吹さんの手が、葉をめくっていく。

「……」

「葉っぱが残ってる限りは、チャレンジすればいいじゃない。特に、うちは再チャレンジにうってつけだよ。ここは失敗してもいい場所、一日だけの夢の店なんだから。上手くいかなかったらすぐ撤退できる。一日でやめてもダメージは少ない」

「……」

「……聞いてます？」

矢吹さんが不思議そうに私の顔を見る。

心底あきれたように、川端さんが告げた。

「……キャベツを素手で割られたら、何も頭に入ってきませんよ」

「そうですよ、そうですよ。びっくりした！」

言いながら、私はぱちぱちと両手で自分の頰を叩《たた》いた。気持ちを切り替えなければ。

「でも、うちを再チャレンジに利用してもらいたいというのには、僕も同意します。このままじゃ、小花さん、高島の店に戻れないから」

川端さんが、私の顔を見て言う。

「よかったら、僕が共同経営者って体《てい》で店に顔を出しますよ。キャベツを割って威嚇したりはできませんけど、小花さん一人でやるよりは安全だと思いますから」

✿

店の一日限定オープンは、四月下旬の日曜日十一時に決まった。

「キッチン　今日だけ」は、その名の通りに、基本は一日だけの利用を想定しているシエアキッチンだ。

でも、「ほぼ毎週、土曜日の夕方から」とか「週に二～三回、朝だけ」という形で枠を押えている人がいるらしく、土日は塞がっていることが多い。その隙間をつく形で五時間だけ店頭販売のために店を借りることにした。

怖い気持ちは、ある。

でも、川端さんの言う通り、このままじゃ私は高島の店に戻れない。挫折を抱えたまま「やりたいけれど、やれない」という状態を続けることになる。

合田さんのような人をこの世から一掃することができない以上、「永遠に諦める」か「成功体験を積んで乗り越える」か、どちらかしかないのだ。

自分の性格からして「諦める」は不可能だと思った。

それなら、矢吹さんの言う通り、今ある葉っぱ——選択肢を使い切るまでチャレンジしようと思った。葉っぱ一枚のダメージで済むのなら、まだやれる。


国産レモンの果汁とすりおろした皮を、砂糖と混ぜたレモングレーズ。

プレーンクッキーにそれを均一に塗り、乾く前にエディブルフラワーをのせていく。

柔らかなピンクとブルーのコーンフラワー、オレンジとイエローのカレンデュラは、花びらをちりばめて。スミレの花は、小さくて形も可愛いので、花ごとのせてピンセットで形を整える。

デコレーションを終えて、ピンセットを置いた。

肩から腕を回し、肩こり防止のストレッチをしていると、コツコツと音がする。

厨房のドアのガラス窓から、川端さんが顔をのぞかせる。

「お手伝いすることはありますか？」

気がつけば、もう外は暗い。

たまに早めにここへ来ると、川端さんはせっせと他の利用者の片付けを手伝ったり、掃除をしたりしている。料理の手伝いをしたり、ウェイターをやったりしていることもある。

「スタッフのアシスト」というオプションがあるのだ。

でも、私はそれを頼んだことがない。自分一人で作れるペースでやっているし、人を雇う余裕はないから。

「今日は宿泊のお客さんが少ないので、サービスです。よかったら」

川端さんが遠慮がちに言う。

私は作業台に並んだお菓子を見た。

ディアマン三種、お花のサブレ、アイシングクッキー。ムラング、フィナンシェ、カットしたパウンドケーキ。こうして見ると壮観だ。オンラインで受けた注文の分に加えて、今回は店頭販売の分もある。

「……袋詰めをお願いしてもいいですか？」

躊躇《ちゅうちょ》したのは、川端さんの能力がわからなかったから。

ぞんざいに扱われてお菓子が割れたり欠けたりしたら、台無しになってしまう。

川端さんはうなずいて、すぐに着替えて現れた。おそらくアシスタントをするためにあるのだろうコックコートを着て、手洗い場で肘や爪の間まで洗っている。

それを見て、「ああ、大丈夫なんだな」と思った。慣れを感じさせるスムーズな動作だったから。何も言わなくても、キャップとマスクをつけてきてくれた。その点も好印象だった。

「これを、十個ずつこの袋に詰めてください」

ディアマンの袋詰めを任せた。

いちばん頑丈で壊れにくいお菓子だと思ったからだ。

「はい。封はどうします？」

「後からあれでやるので、詰めたものはそのままで」

ハンディ型のシーラーを指さして、私は言う。熱で袋をくっつける機械だ。

作業台の斜め向かい側に座って、川端さんは手袋をつけた手でディアマンを詰めはじめた。丁寧に、かつ手早くやってくれる。安心した。

私は、五種類のムラングを小さな透明のケースに詰める。

卵白と砂糖で作るムラングは、別名メレンゲ。さっくりとした食感としゅわっと溶ける食感の両方を楽しめるお菓子だ。

シンプルで、地味といえば地味。でも、絞り出し方によっては、バラの花のようになる。フランボワーズ、いちご、バニラ、キャラメル、抹茶……と味と色味を変えて並べると、華やかで見ているだけで楽しい。

味ごとに詰めるよりも、五色並べたほうが「ほしい！」という気持ちがかきたてられるだろうと思い、セット売りにした。

「小花さんのお菓子、一貫したムードがありますね。ロマンチックというか……」

目は袋にやったまま、川端さんが言う。

「そうですね。小さいころ、お姫様に憧れてたんです。でも、なんでだか、昔から、自分や持ちものを飾るほうにはエネルギーが向かなくて。食べるものをデコレーションすることばっかり考えてました」

お菓子は、生きるために食べるものじゃない。食べなくたって、生きていける。でも、あると嬉しい。人生を彩る、飾りのようなもの。

甘いものは幸福だ。おいしいのが、いちばん。

そのうえで見た目が美しく可愛らしかったら、さらに嬉しい。

「合田さんの言っていたことも、間違いだとは思わないんです。気軽に買える値段の、普段使いのお菓子も必要。私の作るお菓子が必要ないって人も多いでしょう。でも、ちょっと値が張っても、特別なときに買いたいお菓子もあると思うんです。プレゼントにしたり、自分のテンションを上げるために食べたりするようなお菓子」

ムラングを詰めた箱に封代わりのシールを貼りながら、私は言う。

「こういうお菓子も、ひょっとしたら、つけこまれる原因なのかもしれません。いかにも女の子っぽいし、『経営のことがわかってない』って言われそうな値段だし。でも、路線変更するつもりはないんです。三百万がパーになっても。絶対、こういうものがほしいって人はいると思うから」

反応がないので顔を上げると、彼は眩《まぶ》しげにこちらを見ていた。

マスクをしているので口元は見えないけれど、目元だけで穏やかな表情を浮かべているのがわかる。

「このムラングと、アイシングのクッキー、僕にも売ってください。祖母と母にあげたいので」

私を見たまま、彼は言った。

その眼差《まなざ》しに動揺して、私はさっと自分の目の前に手をかざした。視線を遮る。

「川端さん、モテますよね！」

抗議するような口調になった。

こんな特別なものを見るような目で見つめられたら、おかしくなってしまう女の子は多いだろう。無差別攻撃はやめてほしい。

川端さんはきょとんとした後、表情を緩めて答えた。

「ええ」

謙遜すらしない。あまりにもあっさりと肯定されて、笑ってしまった。

開店当日の朝、予定より早く目が覚めた。

緊張していたのだと思う。再スタートの日だ。

四月の下旬、まだ朝晩には寒さが残っているけれど、日中はもう暖房が必要ないほど暖かい。

早めにホテル・ヴォーリズに到着したので、朝やっている台湾粥《たいわんがゆ》のお店のお姉さんに挨拶をして、撤収を手伝った。

レジカウンターにある小さなショーケースには、一枚売りをする大きめのアイシングクッキーを置き、包装済みの焼き菓子類は籠に盛ってテーブルに並べた。

川端さんが取り置きしていたお菓子の会計を、先に済ませておく。

お金のやり取りは、一日にまとめてしたほうが煩雑にならないので、保留にしてあったのだ。

「ええー！　ええー！　それなら俺も買う、そのお花のクッキーとフィナンシェ。奥さんと義理のお母さんに！」

例の船頭姿で現れた矢吹さんが言い出す。

ボードに何か書きつけていた川端さんが、視線を落としたまま口を開く。

「残ったら、購入させてもらえばいいのでは。最初からこっちでそんなに押さえちゃだめでしょ」

「……」

矢吹さんが不満げに口を尖《とが》らせるのに目をやり、川端さんは言った。

「アラフォーのおじさんがやっても、可愛くないですよ」

矢吹さんが川端さんの足を踏んだ。

支配人とスタッフだというので上司と部下の関係なのだと思っていたけど、川端さんはときどき矢吹さんにぞんざいな口を利く。

甘えとよそよそしさが奇妙に同居している。

「これは通販でも売ってますから、また作りますよ。あと、これ、ショップカードです。よろしくお願いします」

私は束ねたカードを差し出した。

宣伝用のアイテムがあれば船で配ってくれるというので、以前作ったものの住所を差し替えて印刷したのだ。

アイシングクッキーとエディブルフラワーを使ったパウンドケーキの写真。あとは店名とSNSのアカウントしか載せていない。

住所は「キッチン　今日だけ」のカードのほうに載っているし、私のお客さんになってくれる可能性のある人は、きっと写真だけで「買いたい！」と思ってくれる。

「確かに受け取りました」

カードを腰袋に収め、矢吹さんが言う。

「では、よい一日を！」

✿

開店と同時にお客さんが三人来てくれた。

「あっ、豆太郎《まめたろう》さん！」

知り合いの顔を見つけて、声をかける。

SNSで知り合って、最初のお店にも来てくれた同年代の女の人だ。

「来てくれたんですね、嬉しい！」

「来ちゃいました。また別の友だちの誕生日があるんです。今回も絶対、小花さんのクッキーにしようと思って。近江八幡モデルもいいですね。これも可愛い」

近江八幡と言えば八幡堀だけど、風景画を一枚一枚手書きするのは骨が折れるし、量産できない。桜と菜の花、流水を組み合わせて図案化した。

観光に来た人にも喜んでもらえるように、と考えたものだけど、店の雰囲気を壊さないものに仕上がったと思う。

話をしてみると、他の二人もＳＮＳで知って来てくれたとのことだった。

配送料もあるし、わざわざ通販で購入するほどではないけれど、近くにあるなら買ってみたい、という人もいるのだろう。

その後もぱらぱらとお客さんは来てくれた。

圧倒的に女の人が多かった。男の人は、たいてい奥さんや彼女と来る人だ。

店頭販売には、やっぱり生の声を聞けるという良さもある。「可愛い！」「きれい！」と騒がれるものと、実際に売れるものが必ずしも一致しないのもおもしろい。

川端さんがたまに顔を出してくれた。会計が滞っていると、カウンターに入って包装を手伝ってくれる。

時間は穏やかにすぎた。窓から差し込む春の光が明るく、幸福感に満ちていた。

✿

ムラングはもう少し作っておいてもよかったかもしれない。

グラデーションカラーと花のようなビジュアルが目を惹いたのか、最初の二時間でだいぶん売れた。

次に店頭販売するとしたら、クリームを挟んでムラング・シャンティにしてもいい。フランボワーズとバニラ、あるいはキャラメルとバニラの取り合わせにしたら、見た目も可愛いし、味の取り合わせもいいはず。

十三時時点での在庫数をボードに書きつけていた、そのときだった。

「いらっしゃいま、せ……」

人の気配を感じて顔を上げた私は、凍りついた。

途中で途切れそうになった挨拶の声を、何とか最後まで絞り出す。

戸口にのっそりと現れた男性。

白髪交じりの髪。シャツにジャケット、スラックス。

合田さんだった。

「なんや、みっちゃん、どうしたんや」

年齢相応にずんぐりとした体型ではあるけれど、不潔な感じはない。現れたら他のお客さんが不快を覚えるとか、そういうことはないのだ。

「心配しとったんやで。近所のおばさんらも」

心配なのだ、お前のためだ。

彼はいつも、そういう言い方をした。

「『店主都合によりお休みします』ってなんや。張り紙で済まさんと、ちゃんと説明せんとあかんやろ、お世話になった人には。社会人として常識やで」

彼が近づいてくると、反射的に私は立ち上がった。

後ずさりそうになる。

どうして、と思う。

いや、SNSで告知すれば彼が見るかもしれない、と考えはした。でも、なんとなく、彼のような年代の男性はSNSを見ないんじゃないかという気がしていた。見ても、わざわざここまでやってこないだろうと思っていた。

「……閉店じゃなくて、お休みするだけなので」

かろうじて、そう答えた。

いくらお客さんが相手でも、休業の事情を事細かに説明する必要はない。

私の言葉には答えず、彼はぐるりと陳列棚とショーケースに目をやった。ムラングに目を留めて顔をしかめる。

「あー、あー、あー！　前に言うたやないか、こんな高いもん、誰も買うてくれんて」

「七箱売れました」

ぐっとおなかに力をこめて言い返す。

この人は、パティスリーで働いたことがない。どのくらいのペースで商品が売れていくのか、知らないのだ。

「七箱だけ、やろ。しゃあないなあ……」

大仰なため息をつき、合田さんがスラックスのポケットから財布を取り出す。

嫌だ、と思った。

好きだと思ってくれる人に、価値を認めてくれる人に、買ってほしい。そんな「残りもの」を処理するように、買われたくない。

「いらっしゃいませ」

声が割り込んだ。

川端さんだった。

ホテル側の入り口から現れた彼は、するするっと当然のようにレジカウンターの中に入ってきた。

ゆっくり、私と合田さんを見比べる。

そして、手を打って言った。

「あ。合田さん？」

合田さんがひるむ。

「高島のほうで美月がお世話になったそうで。共同経営者の川端です。ここまで来てくださったんですね、ありがとうございます」

あからさまに——本当に腹立たしいほどはっきりと、合田さんを取り巻く空気が変わった。

川端さんは男性だ。歳はたぶん二十代後半。背が高い。ハンサムである。

合田さんにわかるのは、それだけだ。彼の経歴も、能力も、わからない。

それなのに、合田さんは無口になっている。遠慮がちになっている。

私は思わず目を伏せた。

川端さんの靴が見える。彼が早足でカウンターに入ってきた理由がわかった。

たぶん、客層とは異なるおじさんが入っていくのを見て、慌ててコックコートに着替えたのだろう。下がスラックスのままなので、まじまじと見られたら、違和感を抱かれてしまう。

「……」

合田さんはいぶかしむような顔で川端さんと私を見比べている。

「しゅ、修業先のお店の先輩なんです」

顔を上げた私は、言った。

嘘《うそ》をつき慣れていない人間の習性で、つい、余計な情報を付け足してしまう。

「はあ、共同経営者……あ、『今日だけ』やったな」

表のほうに目をやりながら、合田さんが言う。気を取り直すように。

「いやいや――」

言いながら川端さんが寄ってきて、ショーケースの陰で私の左肘をそっとつかんだ。肘を引き上げられ、指の股を探られている。と思ったら、突然左手をつかまれて持ち上げられた。

「結婚することになりまして。その準備でドタバタして、お休みをいただくことになってしまいました。ご迷惑おかけしました」

川端さんが言う。

私は笑みを顔に貼りつけたまま、黙っていた。

左手の薬指に指輪をはめられている。ゆるゆるで、全然サイズが合っていない。ばれないように、ぎゅっと指の間を締める。

「落ち着いたら、また店も二人で再開しますので。今後も末永く、よろしくお願いいたします」

川端さんは流れるようななめらかさで語った。

王子様みたいな清涼感あふれる笑顔を合田さんに向けている。

あまりにも爽やかで完璧。つけいる隙もない。

「はあ、結婚……急やな……おめでとうさん」

言いながら、合田さんの腰は明らかに引けていた。

財布をポケットにしまっている。

「おお！　ああ！　合田さん！」

声がしたかと思うと、ぜいぜいと息を吐きながら矢吹さんが現れた。

さっきと同じ船頭姿だ。

「お会いしたかった！」

店に入ってくるなり、がっしりと合田さんの手を握る。

「な、なんやあんた」

合田さんが手を振り払おうとする。

でも、キャベツを素手で割るマッチョだ。振り払うのは容易ではない。

矢吹さんは合田さんの肩にぐるりと手を回し、店の外に連れ出そうとする。

「私、当ホテルの支配人の矢吹と申します。小花さんからうかがっておりますよ。何でも、有能な食品業界のコンサルタントだとか！」

「え、コ、コンサル……？　ちゃうわ」

「でも、お詳しいんでしょう？　お店の経営に懇切丁寧なアドバイスをくださるとうかがっております。うちでセミナーやりませんか？　初めての開業みたいなテーマで……」

声が遠ざかっていくのを確認してから、川端さんは手を離した。

いつものように上半身を傾け、私の顔を見る。

「すみません、触られるの苦手だと聞いていたのに」

私は呆《ほう》けたようにため息をつき、彼の顔を見上げた。

「いえ、驚きましたけど、助かりました。私、完全に固まっちゃって……」

合田さんの登場ですっかり気が動転していた。触れられている、という認識すら希薄だった。

指輪を外して、私はそれを川端さんに返す。

「この指輪は？」

「それ、矢吹のです。水の中に落とさないように、川に行くときは外してるので」

婚約指輪にしてはえらくシンプルだと、合田さんは気づいただろうか。

「勝手なことをしてしまいましたが……これで、合田さん、もう来ないと思いますよ。男がついてるってことになったので」

川端さんが指輪をポケットに入れる。

私は訊き返した。

「私が若くて経験不足で、高くて売れないお菓子を作ってるのは変わりないのに……？」

安心していいはずなのに、もやもやと心の奥底から憤りがわいてくる。

共同経営者として川端さんが現れた、それだけで合田さんの腰は引けていた。財布を引っ込めて、「売れ残りを買ってやっている」という優位な立場を手放した。

「相手の性別であからさまに対応を変える人はいるんです、残念ながら」

川端さんは静かに言った。

私は黙って窓の外を見ていた。

悔しいけれど、父が正しかったのだろう。

一人でできるわけない、結婚してからにしろ――あれは、時代遅れの差別意識で言っていたんじゃない。女一人で店をやることには、大きなリスクがあることを、事実として告げていたのだ。今回みたいなことを具体的に想定していたわけじゃないにしても、「危ない」ということを経験から父は知っていた。

「……矢吹さん、合田さんをセミナーに誘ってましたけど、大丈夫なんでしょうか」

窓の外を見ながら、私はつぶやく。

矢吹さんと合田さんの後ろ姿が見える。矢吹さんに肩を組まれ、合田さんが引きずられるようにして門へ向かって歩いていく。

「ここで顔を合わせることになったら、婚約が嘘だってばれちゃう……」

私の懸念に、川端さんは淡々と答えた。

「セミナーなんて、やりませんよ。そんなノウハウがないことくらい、合田さん自身がわかってるでしょう。矢吹の誘いも、依頼してるわけじゃなくて、有料で部屋を貸すからセミナーやらない？　って営業です。合田さんが自腹切ってまでやりたがるとは思えません」

ただ、合田さんの「教えたい欲」を有効に使えないかと矢吹は考えているようだ。川端さんはそう言った。

✿

十五時に店を閉めた。

合田さんの登場には動揺してしまったけれど、楽しかったし、嬉しかった。自分の作るものを選んでくれた人たちに、直接、商品を渡せる。通販では味わえない体験だ。

「矢吹さんの分のお花のクッキー、なくなっちゃいました」

わずかに残ったクッキーを箱に詰め、私は言った。ほしいと言ってくれたのに。

「いいんですよ、僕が買わせていただいたので。矢吹と僕の二人からということにすれば済みますし」

背後で厨房のチェックをしていた川端さんが、さらりと言う。

どういうこと？

振り返ると、その視線を受け止めて彼は少し笑った。

「矢吹の『奥さん』と『義理のお母さん』って、僕の母と祖母のことです」

「んん……⁇」

手を止めて考える。

「……え、お父さん……⁉」

川端さんが澄んだ水のような人だとしたら、矢吹さんは真夏の太陽のような人だ。全然似ていない。

それに今朝、「アラフォー」と言っていた。川端さんはたぶん二十代後半。父親にしては若すぎる。

川端さんが口の端を上げてから、言った。

「ママチチ……？っていうんですか。母の再婚相手なんです。結婚したの、僕が大きくなってからなので、あんまり父親って感じしませんけど」

「ああ……そうだったんですね」

納得した。よそよそしさと甘えの同居する空気の理由。

「それより、小花さん」

厨房から出てきた川端さんが、私の隣に来た。いつものように私の顔を見る。

「合田さんの件は、おそらくこれで解決です。高島のお店に戻りますか?」

シェアキッチンの利用を続けるかどうかを気にしているのだろう。

私は、ショーケースに消毒液を吹きかけながら、少し考えた。

「まだ戻りません」

胸のうちを探れば、答えは明確だった。

「合田さんが来なくなっても、きっと、同じような人は出てくると思うんです。相手に明らかな非がなかったら、高圧的にダメ出しされたり、つきまとわれたりしたときに、私は戦えない。悔しいけど、簡単に逃げられない場所に一人でいるのも怖い」

でも、だからといって、父が言うように、安全のためだけに誰かと結婚したり、共同経営にしたりするのも違うと思うのだ。

「でも、いつかは戻ります。このまま実家の厄介になっているわけにもいきませんし。私が戦えないのは、たぶん、自信がないから。ダメ出しされても『うるせー!!』で返せるだけの実績がないから。名前だけで人が呼べる、実績で叩き返せるだけの経営者になります」

ぼんやりと感じていたことが、言語化された。

自分の言葉に、鼓舞される。

言い切って顔を上げると、川端さんと目が合った。

眩しげな眼差し。私はさっと手をかざして、視線を遮った。

男の人からの攻撃は、マウンティングだけじゃない。

「なんですか？　そのポーズ」

不思議そうに川端さんが問う。

「いえ、何でも……」

しぶしぶ手を下ろすけれど、彼の目は相変わらずだった。

微妙に視線をずらしている私に、彼は続けた。

「小花さん、しばらくうちで一緒に働きませんか」

ぽかんとして、私は再度彼の顔を見た。

「……え？　うちって、『今日だけ』？」

「キッチンも含めたホテルで。小花さん、清掃をきっちりやってくれますし。繁忙期だけでもいいんです。祖母も歳だし、ご存じの通り、支配人はあまりホテルにいないので人手が足りなくて」

ちょっと待っていてください、と言い置いて、川端さんはレストランを出ていく。

戻ってきたときには、紙を一枚持っていた。

「無理にとは言いません。ご都合がよければ。まず小花さんにお声がけして、無理なら求人を出すつもりだったんです」

アルバイト・パート募集。

客室の清掃・ベッドメイキング・備品補充。キッチンの清掃、シェアキッチンの管理。週五回以上の勤務であれば、住み込みも可。希望により食事つき。

報酬も含めた条件にざっと目をやり、私は考えた。

正直なところ、時給はそれほど高くない。お菓子作りのスキルアップには直接つながらない。でも、住み込みにしたら、一時的にではあるけれど実家を出られる。家とキッチンを往復する手間が省ける。別にバイトを探さなくてもいい。

私は言った。

「予約が入っていない時間に、半額でキッチンを使わせてください。それならぜひ」

「決断が早い……！」

まじまじと私を見て、川端さんがつぶやく。感心半分・あきれ半分の口調だ。

さっそく仕事について話をしたいという川端さんにうなずいていると、矢吹さんがやってきた。

「やっほー！　合田さん、ボランティアで近所のお店のコンサルタントをやってくれることになったよー」

さっきまで船頭の格好をしていたのに、なぜか野球のユニフォームを着ていた。

Omihachiman Sluggers、とチーム名らしき文字が入っている。

「コンサルタントって……本気で言ってます？」

川端さんが眉をひそめる。

「食品関係の会社で営業やってたっていうから。もう小花さんには寄ってこないと思うけど、彼の教えたい欲は解消されないままじゃん。他の誰かに矛先が向いちゃうかもしれないし、その欲、有効活用してもらおうよ。癖の強い人だけど、あのお姉さんたちなら、負けないでしょ。美容室の張り紙と電器屋のボロボロの看板をかっこよくしてもらおう」

母とここへやってきたときに見かけた、垢抜けない店の連なりを思いだす。

デザイン性皆無のお品書きと、色あせすぎて店名すら読めない外観。

川端さんが気遣わしげに私を見た。

私は答える。

「まあ、邪悪な人ではないと思いますし……」

矢吹さんの言う通り、ただ撃退しただけでは、他の誰かが犠牲になってしまう。

合田さんの親切心、教えたい気持ちが、求めている人のところに届くなら、それで誰かが助かるなら、それが一番いい。

「小花さん、バイトしてくれるそうです。住み込みで。キッチンが空いてる時間に半額で使用できるようにする、が条件」

川端さんの言葉に、矢吹さんが指を打ち鳴らす。

「やったね！　小花さん、ありがとう！　百人力！　これで俺も心置きなく出かけられるよ」

「この人、普段から心置きなく出かけてますからね」

川端さんが渋面を作り、私に向かって言う。

こうして私は、ホテル・ヴォーリズで働くことになった。

いつか高島に戻って、自分の夢の店をまた開く。

そのときまで、ここでチャレンジを繰り返そう。

誰かのチャレンジに手を貸しながら。

# 第2話　つる植物の戦略

喫茶リオン&イラストレーターYou.

目を覚ますと、天井が高い。

白い天井には、花をかたどった半透明のガラスのライトが吊《つ》り下《さ》げられている。

実家でもないし、高島の古民家でもない――そこまで考えて、ホテルに住んでいるんだった、と思い出す。

目覚まし時計のアラームを解除した。

念のために毎晩アラームをセットしているけれど、たいてい時計が鳴り出す前に目が覚める。ほぼ毎朝、早い時刻からレストランスペースでお店の準備が始まっているためだった。人の気配で目が覚める。

顔を洗い、簡単に化粧をして、半袖のブラウスと黒のエプロンドレスに着替える。髪を編み込みにして、うなじの上でまとめたら、身支度完了。

私に与えられた部屋は、ホテル一階のいちばん奥。オーナー一家が住む離れにほど近い角部屋だった。

大正時代に建てられた当初は女中部屋だったそうだけれど、複数人が寝起きしていたらしく、結構広い。窓の意匠も、現代の家にはないような装飾性があって可愛らしい。

この素敵な部屋で、つい先日まで私はプラスチックのコンテナボックスに埋もれて寝起きしていた。

お菓子の材料のストックや調理器具は、特別にレストランのパントリーに保管させてもらえることになったけれど、それでもまだまだ荷物が多い。発送のための梱包《こんぽう》資材だけでもかなり場所を取るうえ、デザインの勉強のために持っている図案集などもある。

そのうえ、私には部屋を美しく整える習慣がなかった。

あるとき、換気のために窓とドアを開けて掃除していたら、廊下を通りかかった川端さんがひどく動揺して言った。

「そうですよね、いろいろいりますよね。すみません、気が利かなくて。こんな非人間的な生活をさせてしまって……」

彼は慌ててホテルの物置を開けて、私の私物を運び出してくれた。

非人間的って……実家でも高島の家でも、私の部屋はこんなふうでしたけど……？

そう思ったけれど、それは口にせず、好意に甘えることにした。確かに、アーチ窓や花のライトに無骨なコンテナは似合わない。

「ここはうちの先祖が来客用に建てたんだよ。うちは近江商人の出で、当時は結構羽振りがよかったからヴォーリズさんに依頼して」

リネンを抱えて階段を上りつつ、頼子《よりこ》さんが説明してくれた。

「わりと無頓着に改築したりリフォームしたりしてきたから、文化財としてはたいした価値はないんだろうけど。こういう飾りなんかは、今だと珍しいね」

階段の手すりを指さす。

ダークブラウンの木材が描く、優美な曲線。手すりのすぐ下には、花の文様の透かし彫りがほどこされている。

棚の扉にもステンドグラスがはめ込まれているし、客室のアーチ窓から差し込む光は柔らか。ドアノブがクリスタルやアメジストでできているのも、ゴージャスだ。

もちろん、古い建物特有の傷みはあって、細かいところを見れば掃除ではどうしてもきれいにならない部分は多い。それでも、ここへわざわざ宿泊にやってくるお客さんは絶えない。

「レストランのステンドグラスも素敵ですよね。あの、葡萄の模様の」

備品を詰めたバスケットを手に、私は後を追いながら言った。

「夫も気に入ってたよ。ここをオーベルジュにするときも、できるだけ元の意匠は残した」

「オーベルジュ？」

「泊まれるレストラン。三年前まで、ここはホテルじゃなくて、オーベルジュだったんだよ。メインは料理で、宿泊はおまけみたいなものだね」

頼子さんは振り返り、口角をほんのり持ち上げた。

「夫が料理人でね。私が相続することになって持て余してたこの建物を、借りたいと言ってきたのが、結婚のきっかけ。オーベルジュは、結婚してから始めた。いろいろあって、後を継ぐ者がいなくてやめてしまったけど」

白い長袖のブラウスに黒のエプロンドレス、という出《い》で立《た》ちはどちらかというとメイドのものに近い。それでも、頼子さんには貴婦人の風格がある。

裕福な近江商人の家のお嬢様だったからなのだろうか。ぴんと背筋が伸びていて、話しぶりも穏やか。たまに矢吹さんを叱っているときに関西のイントネーションが出ることはあるけれど、普段はきれいな標準語を話した。

彼女は、川端さんの母方のおばあさんで、ホテル・ヴォーリズのオーナー。

スタッフの苗字《みょうじ》が全員「川端」なので、区別するために矢吹さんは結婚前の旧姓を、頼子さんは夫の旧姓を名乗っているのだという。

ホテルを運営する川端一家は、三人。

川端さんのお母さん、つまり矢吹さんの奥さんは、いない。

あまりにも普通にいないので、最初、何かしら深刻な事情があるのだろうと思い、訊けなかった。夫である矢吹さんと同居していないのだから、何かあると思うのは自然なことだと思う。

ところが、それとなく水を向けてみると、川端さんはあっさり言った。

「大阪にいますよ。仕事の拠点がそっちで。再婚したけど、矢吹さんとはほとんど一緒に暮らしたことないんじゃないかな。僕の父とも、最初の三年くらいしか一緒に暮らしてなかったみたいだし。それも、僕が生まれたからって事情があっただけで」

それから歯切れ悪く、彼は付け足した。

「母はいろんな面で規格外なので……どこから飛んでくるかわからない、剛速球の火の玉みたいな人間なんです」

頼子さんの話だと、川端さんのお母さんは、弁護士なのだそうだ。

昔から料理にまったく興味がないし、周りも彼女を跡継ぎにしようとは考えていなかった。オーベルジュの助手をしていた若い料理人の筋がいいというので、両親がそれとなく結婚を勧めたところ、「跡取りが必要なのね、オーケー」とあっさり快諾して結婚。しばらくおとなしく家庭に入っていたが、それは司法試験の勉強のためで、出産・弁護士デビューの後、「いろいろあって」夫を追い出してしまったのだという。

そして十年以上経ってから、突然、十歳下の矢吹さんと再婚すると言いだし、矢吹さん一人を実家に置いて、自分は変わらずに大阪住まい。

矢吹さんは休みの日には頻繁に大阪に行っているし、お母さんも三か月に一回くらいは近江八幡に顔を出す。完全別居婚なのだそうだ。

「好き勝手に生きてるからね。もう、手に負えない。昔から」

頼子さんはため息をついた。

「美月さん、あなたはちょっと娘に似ているよ」

チェックアウト後の客室でシーツ交換の手順を見せつつ、頼子さんは言った。

「……この流れでそれは、褒めてないですよね⁉」

使用済みのシーツを畳みつつ、私は答えた。

「それに私はそんなに優秀でもパワフルでもないですし……」

頼子さんは眉を上げた。

「親の言うことを聞かない、なんでも一人でやろうとするところなんか、そっくりだよ。我《が》が強いんだね」

「やっぱり褒められてない……」

住み込みで働くことにした私は、「相談もなく、また勝手に決めて！」と母に怒られていた。

頼子さんの言う通りなのだった。

ホテル・ヴォーリズのアルバイトを始めてすぐ、ゴールデンウィークに突入した。

「繁忙期だけでも」と川端さんが私を誘った理由は、すぐにわかった。

本当に目の回るような忙しさだったのだ。

アルバイトやパートを雇っているとはいえ、基本的にホテル・ヴォーリズは家族経営。無理なく運営できるように、週に一度は休みが設定されていたし、全部で十二ある客室も、普段は半分くらいしか稼働させていない。

でも、ゴールデンウィークは休みなし。受け入れの件数も増やすし、お客さんの多い時期だからシェアキッチンの利用申し込みも多かった。

宿泊料が高めであることがお客さんを選ぶのか、客室を汚く使うお客さんはほとんどいない。それでも慣れないうちは、一日中掃除をしているような気分で疲れ果てていた。

嵐のような十日間だった。

連休明けになってようやく、今後のことを考える余裕が出てきた。

誰に何を言われても、「うるせー!!」で叩き返せるだけの実績と自信を持つ。

そのために、何ができるだろう?

よりおいしく、より美しいお菓子を作るために努力するのは、当たり前。

でも、どんなに美しくおいしいお菓子も、存在を知ってもらわなければこの世に存在しないのも同じ。私のアイシングクッキーは、運良くSNSで広く知られるようになったけれど、それだけじゃ弱い。インターネットというのは基本的には、それを求めて検索するお客さんにしか情報が届かないのだから、別の販路も切り開かなければならない。

ちょっと考えて、私は初めて営業をかけることにした。

相手は、同じ「キッチン　今日だけ」で喫茶店を営む老紳士・進藤《しんどう》さん。

彼は週に三回、一人で喫茶店をやっている。

あくまでもコーヒーがメインで、料理はしない。

喫茶店の朝のメニューはトーストが定番だけど、パンを焼いたり、バターやジャムを添えたりするのには手間がかかるし、廃棄率が高くなる。だから彼は、近所のベーカリーから菓子パンや惣菜《そうざい》パンを少量だけ仕入れて、セルフサービスで買えるようにしていた。

それを見ていて、思いついたのだ。

焼き菓子は日持ちがするから、パンのようにその日のうちに売り切る必要がない。ちょっと小腹がすいたな、というときにはこれだけ食べることもできるし、パン一つでは物足りない人が買い足すこともできる。

川端さんの了解を得たうえで、私はビスコッティを進藤さんにプレゼントして、

「お気に召したら、お店に置いてください」

と頼んだ。

ビスコッティは、イタリア生まれのお菓子だ。

最初は生地を塊のまま焼き、切り分けてからさらにもう一度焼く。二度焼きするために水分が飛んで、生地が硬くなる。

歯を立てると「カリッ」ではなく「ガリッ」と音がする。

この硬さで好き嫌いが分かれそうだけれど、ナッツをぎっしり入れて焼き上げるとおいしいし、コーヒーやカフェオレによく合う。飲みものに浸して食べると柔らかくなって、また別の味わいがある。

素朴な見た目のお菓子だけど、「小花菓子店」では端をチョコレートとホワイトチョコレートの二色でコーティングして見た目の華やかさを出していた。

これも付き合いだと思ったのかもしれないけれど、進藤さんは週に一度、まとめて「小花菓子店」からビスコッティを仕入れてくれるようになった。

白髪交じりの髪を短くしている進藤さんは、常に穏やかな雰囲気をまとっている。シャツにベスト、蝶《ちょう》ネクタイを身につけ、カウンターでコーヒーを淹《い》れている。注文や会計が混みあっても、決して慌てない。

彼が営む「喫茶リオン」には、いつも静かにクラシックの音楽が流れていた。

普段ダミ声で騒いでいる近所のおじさんたちも、「リオン」にコーヒーを飲みに来るときは、心なしかおとなしくなる。静かに和やかにおしゃべりをして、帰っていく。

ホテル・ヴォーリズの建物の重厚さやインテリアがそうさせる面もあるだろう。でも、きっとそれだけじゃない。そういう雰囲気を、進藤さんが作り上げている。


「喫茶リオン」の営業時間は、七時から十時。

十時から十時半の間に、進藤さんは片付けをしてレストランスペースを引き渡す。

この時間帯は宿泊客のチェックアウト時間とも重なり、川端さんが忙しい。進藤さんからの引き渡しは、私が応対することが多かった。

「おお、美月さん、ちょうどいいところに！」

十時を少しすぎたころ、「喫茶リオン」に顔を出すと、客席にいた矢吹さんが大きく手を振った。

今日の彼は、可愛らしいうさぎのイラストがプリントされた黄色いTシャツを着ていた。地元のものらしき保育園の名前が印刷されている。

この人は、いったい何をしているのだろうか。

船頭になったり、編み笠《がさ》をかぶった浪人になったり、農家のおじさんになったり。

家族や「キッチン　今日だけ」の利用者、近所の人。周りの誰も何も言わない。「いつものこと」と受け入れている様子だった。

「アルバイトの小花です。菓子店の店主でもあります」

矢吹さんが、同じテーブルについていた女性に向かって私を紹介する。

「こちらは葵《あおい》さん。近所にお住まいの方」

矢吹さんが紹介した女性は、カットソーにカーディガンを重ねたおとなしそうな女性だった。長い髪を一つ結びにしている。矢吹さんと同年代くらいに見えた。

「ちょっと相談があるんだよ。座って。進藤さん、もう一杯お願い！」

矢吹さんが隣の椅子を引きながら言う。カウンターにいた進藤さんが即座に答える。

「もう準備してるよ」

「さっすが～！」

すぐに進藤さんがコーヒーを運んできてくれた。

進藤さん、葵さん、私。三人を前にして、矢吹さんが言った。

「進藤さんにはもう話したんだけど、このレストランに飾る絵を描いてもらおうと思ってるんだよね。葵さんの息子さんに。こういう絵がほしいとか、ある？　一応ね、進藤さんからの依頼って形を取ることになるから、喫茶店に合うことが第一条件なんだけど。美月さんも販売スペース使うことあるから、意見があれば聞きたいんだ」

「すみません……」

葵さんは、なぜかしきりに恐縮している。

「彼ね、絵が上手いんだよ」

　隣に座った進藤さんが、私に紙を差し出した。

「これ、彼が描いたの。市内のコンクールで選ばれて、採用されたんだって」

「あ、これ、見たことあります。街中の掲示板とか駅に貼ってあった」

　近江八幡の観光関連の団体が出しているポスターだ。

「近江八幡といえばコレ！」とばかりに、観光に関係するパンフレットやサイトでは、橋の上から撮った八幡堀の写真が使われていることが多い。蔵と石畳に縁取られたお堀の風景は、確かに風情があって魅力的だ。

　ポスターの絵は、同じく八幡堀の風景を切り取っているのだけども、場所が異なっている。目を惹くのは水と石の色使い。写真には決して出せない色合いなのだ。

「ここの色が、特にいいですね。私、自分が絵を描いたとしても、絶対こういう色は使わないと思うんです」

　私が言うと、葵さんはまた恐縮している。

「ただの趣味でやってるだけで……絵を習ったこともないですし、そんなたいしたものでは。お店に飾っていただくなんて、そんな……」

「葵さんねえ、謙遜のつもりでも、親が勝手に子どものことで卑下するのはよくないよー。祐太郎《ゆうたろう》自身が言うならともかく」

矢吹さんが声を大きくした。

「みんながいいって思ったからポスターに選ばれたんだし、絵の勉強したかどうかは今は関係ないでしょ。たとえ今回の絵がいまいちなものになったとしても、たいしたことじゃないよ。ここは、チャレンジする場所、失敗してもいい場所なんだから」

話はこういうことだった。

葵さんの中学二年生になる息子・祐太郎くんは、現在学校に行っていない。

一年生の五月あたりから休みがちになり、夏休み明けには完全に行かなくなった。二年生になってクラスが替わってからまた学校に通いはじめたものの、二週間くらいで再びの不登校。

もともと学校があまり好きではなく、小学校時代から行きたがらないことが多かった。両親の知る限り、いじめに遭っているということもなく、ただ集団生活になじめず、疎外感に耐えられないのではないかという。

ご両親も、心配は心配だ。でも、小学校時代からずっと気を揉《も》んできたこともあって、不登校に動揺する時期はすぎていた。簡単に解決する問題でないことはわかっているし、無理に行かせようとするのもよくないと考えている。

気がかりなのは、祐太郎くんがすっかり無気力になってしまったこと。

お年玉やお小遣いを貯めて、絵を描くためのソフトを買い、せっせと絵を描いていたのに、最近ではそれも一切触っていない。たいして好きでもないゲームをやったり、両親の留守中にぼんやりテレビを見たりして時間をすごしている。

そういう時期も必要だろう……と見守っていたが、半年以上もそれが続くとさすがに不安になってくる。

そんなときに、道で矢吹さんに会った。

彼は、実家の農園で近所の保育園の子たちに農業体験をさせたり、ボランティアでイベントに参加したりしていた。だから、祐太郎くんのことも昔から知っているのだそうだ。

葵さんとしては、学校に行かないなら行かないで、勉強はしてほしいし、何かしら目標を見つけてほしい。少なくとも、好きなことをしていてほしい。

そこで、矢吹さんが絵を依頼することになったのだった。

表向きは「ポスターを見た喫茶店のおじいさんが絵を気に入って依頼してきた」という体にする。

知らない人に自分の才能を見つけてもらえたというのは自信になるだろうし、初めて「仕事」を依頼されるというのは、中学生にとっては励みになるのではないか……という考えだ。「喫茶店に合う絵」が条件だということで、喫茶店の様子を見に来てくれるようになれば、なおよし。

絵は「キッチン今日だけ」の備品になることだし、代金は矢吹さんが支払うつもりだったけれど、「素人の子どもの絵にお金を出してもらうなんて、申し訳ない」と葵さんが譲らない。結果、代金は矢吹さんと葵さんが折半することになった。

「私は絵には疎くてねえ……。部屋に飾る絵といったら、風景画くらいしか思い浮かばないんだけど」

進藤さんが困ったように言い、私はポスターに目をやった。

「風景画は得意みたいだから、いいんじゃないでしょうか」

「でも、こういう日本の風景はここの内装には合わないねえ。『ホテル・ヴォーリズ』にちなんで、ヴォーリズの故郷のアメリカの風景とか……って考えたけど、祐太郎くんにとってはよく知らない土地だろうし」

進藤さんの言葉に、矢吹さんが首をひねる。

「ヴォーリズの肖像画とかどうだろう？」

「おじさんの絵は描いてるところ、見たことありませんけど……」

食べ物、美女、この建物の昔の姿……といろいろ案を出しあう。

「お花の絵はどうですか？」

私は言った。

「あのステンドグラスの葡萄と取り合わせても、違和感ないですし。本物のお花の代わりになるような絵を」

季節の花、というのは私が作るお菓子でもよく使っている。モチーフのバリエーションが増えるし、リピーターの確保にもつながるのだ。

矢吹さんが手を打った。

「花はいいね！　季節ごとに咲く花がちがうから、何回も依頼できる」

花を第一希望にして、いくつか題材の候補を挙げ、矢吹さんが葵さん宛てに依頼のメールを送ることになった。

「ケンケン」からこんなメールが来たんだけど……と話をしてもらうためだ。


ホテル・ヴォーリズの常駐スタッフは、現在四人。

オーナー一家である川端家の三人と、アルバイトの私。

宿泊客のいる日に二十四時間対応できるようにするため、できる限り、四人の活動時間をずらしている。

私は頼子さんと一緒に客室の清掃やベッドメイキングをしているけれど、それが終わると、頼子さんはすぐに昼寝をしてしまう。「歳を取ると、そんなに長時間は眠れないんだよ」ということで、昼と夜の二回、寝ているのだそうだ。

私も十四時にはホテルの仕事を終えて、アルミ板でオリジナルのクッキー型を作ったり、キッチンが空いているときには通販用の商品を作ったりしている。

そんなわけで、日に三回の食事も休憩も、ばらばらに取る。

たまに離れのダイニングキッチンで矢吹さんと鉢合わせして、ラーメンを作ってもらうこともある。けれども、作り置きしてあるものをいただくことがほとんどだ。

おにぎりに豚汁とか、オムライスとか、卵焼きとウインナーが入った正統派のお弁当とか。

私はお菓子作りが好きだけど、他の料理には興味が薄い。高島で一人暮らしをしていたときも、粗食の極みだった。だから、どれもおいしくいただく。

どうも、食事は一家が交替で作っているらしい。

それがわかったのは、明らかに他とはちがうメニューが登場するからだ。

私も、実家の母も、絶対作らないようなメニュー。紫キャベツとオレンジとナッツのサラダとか、絶対に市販のものじゃないなとわかるソースを使った野菜と豚肉のソテーとか。

見た目も美しいうえに、とてもおいしい。毎回完食してしまう。しばらく体重計にのっていないけれど、最近、明らかにスカートのウエストがきつい。食欲が刺激されっぱなしなのだ。

その日も、私はもりもりと昼食を食べていた。

サンドイッチには、ハーブをすり込んだチキンとマーマレード、レタスが挟んであった。肉とマーマレードの組み合わせは、私にとってはなじみのないものだったけれど、不思議と合うのだった。

サンドイッチなんて、パンに具材を挟むだけのシンプルな料理なのだから、大きな差は生まれにくいと思う。なのに、私の作るものと全然ちがうのだ。

いちごと水切りヨーグルト、ハムとベビーリーフのサラダもおいしい。冷たいコーンスープにもよく合う。どんな調味料を使っているのかさっぱりわからないけど、味に奥行きがある。

夢中で食べていると、川端さんがやってきた。

お疲れ様です、の挨拶を交わし、川端さんは冷蔵庫を開けた。

「もう慣れましたか。祖母もわりと気難しいので、大変でしょう」

ピッチャーに入ったお茶をグラスに注ぎながら、川端さんが訊いた。

「いいえ、いろんなお話を聞けておもしろいです。ごはんもおいしいですし……」

口に入っていたパンを呑《の》み込んでから、私は答えた。

「このサンドイッチ、すっごくおいしいですね！　今まで食べたサンドイッチの中でいちばんおいしい！　どなたが作られたんですか？」

興奮した口調で訊くと、間を置いて、川端さんが答えた。

「僕です」

一瞬、彼は警戒するような素振りを見せた。

身構えるような様子は瞬く間に消え、彼は冷蔵庫を開けて紙パックを取り出した。

「スープはこれ。普通にスーパーに売ってるやつですけど、昔から好きなんです」

いつも通りに穏やかに笑って言う。

「本当においしいです。ありがとうございます」

私はそう告げるだけに留《とど》めた。

訊かれたくないんだな、というのがすぐにわかったから。

話題を、祐太郎くんのことに移す。

川端さんは困ったように言った。

「僕は彼のこと、全然知らないんです。ここで暮らしてたの、小学校低学年のころまで、その後はずっと母と一緒に大阪だったので。夏休みとか冬休みに、祖父母のもとに預けられてたくらい。ホテルで働きはじめたのも二年くらい前からで」

「え、そうだったんですか。ずっとここにいるのかと……」

日中、矢吹さんはホテルにほとんどいないし、実質的にホテルの差配をしているのは川端さんだ。

「僕や母より、矢吹さんのほうが地元のことに詳しいんですよ。ずっとここで暮らしてるから」

「そういえば、実家が近くの農園だってさっき聞きました。保育園とか小学校の子たちが農業体験をしてるんだって」

「ええ、だから地元の子はみんな彼のことを知ってるみたいです。『ケンケン』って呼んで懐いてるみたいで。葵さんも、だから矢吹さんに相談したんじゃないかな」

年長者たちとも親しく、若くして地域の顔役みたいになっている。

ホテルの外でふらふらしていても、祖母がそのことを咎《とが》めないのは、それなりに彼の存在意義を認めているからではないか。川端さんはそう言った。


矢吹さんの作戦は、成功半分、失敗半分、といったところだった。

祐太郎くんは、絵を描くことについては、乗り気と言わないまでも「いいよ」と承諾してくれた。しかし、直接メッセージをやり取りすることになった矢吹さんが、

「喫茶店の雰囲気、見に来てよ！　十時からしばらくはお客さんもいないしさ」

と誘ったところ、

「外に出たくない　店の写真送って」

とあっさり断られてしまったのだった。

「まあ、そうだよね～。同じ中学の子に遭遇しない時間ならいいかもと思ったけど、近所の人たち、たぶん学校行ってないの、知ってるし。会うの嫌だよね」

喫茶店を閉めた後の客席で伸びをして、矢吹さんは言った。

今日は着物に袴《はかま》をつけた浪人の格好だ。髪をひっつめている。

「でも、もうアイディア出してくれたんですよね。前向きじゃないですか」

矢吹さんが印刷して持ってきた紙を見ながら、私は言う。

こんなデザインはどう？　という大雑把な下書きみたいなもの（ラフというらしい）だ。おおまかに着色もしてある。

八幡堀の菖蒲《しょうぶ》らしきもの、布地に使われていそうなパターン化したデザインの鈴蘭《すずらん》や薔薇《ばら》、ホテル・ヴォーリズの外観……

下書きだけでも絵が上手いのがわかる。

「お待たせ」

やってきた進藤さんが、テーブルに三人分のソーサー付きカップを置く。

立ち上る湯気。吸い込まれそうな、深いコーヒーの色。

「喫茶リオン」のブレンドコーヒーは、ふわっと甘い香りがするのに、飲んでみると深い苦みとコクがある。

「ありがとうございます。良い香り!」

私は持ってきていた缶を開けた。

「試作品です。よかったらどうぞ。塩とドライフルーツのクッキーと、チーズのショートブレッドです」

ショートブレッドは、スコットランド生まれの焼き菓子。

クッキーとの違いは、卵を使っていないことと、厚みがあることくらいだろうか。歯を立てたときにはさっくりとした食感、嚙《か》むとほろほろと崩れる。

長方形の穴がたくさん空いている商品が有名だけど、私はクッキーローラーで小花柄をつけた後、正方形に切り分けて焼いていた。

「へ～、塩のクッキーなんてあるんだ。いただきます」

矢吹さんに続き、席についた進藤さんもショートブレッドをつまむ。

「こっちがショートブレッド?　柄が可愛いね」

「これもコーヒーに合うと思います!」

アピールする私に、矢吹さんがつぶやく。

「美月さん、ほんと商魂たくましいね……」

「まだ何も言ってないじゃないですか。……もちろんそのつもりでしたけど」

「いや、いいよ。営業かけられたの初めてで、ちょっと嬉しかったんだよ。一人前の店だって認められた気がして。こっちから卸値で売ってくれって頼みに行くことはあったけど、買ってくれって言われたことはなかったから」

進藤さんは優しいことを言ってくれる。

お菓子を仕入れてもらう代わりに、私も進藤さんから「喫茶リオン」で売っているドリップバッグを仕入れることにした。焼き菓子とセットにして、プレゼント用の商品として売れないかと考えたのだ。

今はとにかく、大きな損失を出さない範囲で、いろいろやってみようと思っている。

しばらく三人で、五枚のラフを見比べた。

「これ、八幡堀だろうけど、外国の絵みたいでいいね。船も人もはっきり見えなくて、緑と水が主役って感じで」

進藤さんが言い、私も答える。

「本当。絵はがきにもできそう。私は、この木香薔薇《もっこうばら》のが好きです。部屋が明るくなりそう」

意見を言い合い、実際に壁に貼ってみる。

手元で見ているときにはいいなと思ったものでも、壁に置いてみると、あまり目立たなかったり淋《さび》しい印象になってしまったりするものもあった。

特に白や緑がメインだと、壁や窓の外の緑に溶けて印象が弱くなってしまう。

結局、私が推した木香薔薇の絵を第一希望にすることにした。

矢吹さんは、せっせと携帯端末で壁に貼った絵の写真を撮っていた。

「進藤さんは、ここで長くお店をやっていらっしゃるんですか？」

矢吹さんが出かけた後、片付けを手伝いながら私は尋ねた。

「キッチン　今日だけ」は、朝食になるようなものを出すお店を朝にやる場合、利用料をかなり安くしてもらえる。ホテルなのに食事が出ないという弱みをカバーするためだ。食事代が宿泊料に含まれていなくても、同じ建物の中に食事ができる場所があったら、お客さんとしては便利だろう。

矢吹さんの営業力のなせるわざなのか、午前中に店をやっていないという日はほぼない。進藤さんの喫茶店が週に三回、ベーカリーが二回、あとは週末に和定食のお店や、台湾粥の専門店など。

全利用者のうちで、たぶん進藤さんがいちばん店を使っている。

パンをのせるトレイを拭きながら、進藤さんは答えた。

「僕が最初の利用者だよ、『キッチン　今日だけ』の。三年前からやってる」

飲食店の七割は三年以内につぶれるという話もあるくらいだ。三年は十分長い。

「ご自分の店を持とうと思わなかったんですか?」

重ねて、私は尋ねる。

これがいちばん不思議だったのだ。

シェア店舗は、初期費用は少なく抑えられるけれど、一回あたりのレンタル料は高め。長く続けば続くほど、利用料が負担になるはずだった。

「リオン」には宿泊客はもちろんのこと、近所の人々も頻繁に足を運んでいて、結構賑わっている。私だったら、手応えを感じた時点で、別の場所に店を借り切ってしまうだろう。

「若いときならそうしたかもしれないね。でも、今はいつ死ぬかわからないし」

トレイを重ねながら、進藤さんはあっさりと言う。

「やめてください」

「いや、冗談じゃなくてね。いざというときのために身軽でいたいんだよ。『しんどくなってきた』とか、『もう満足したな』って思ったときに、すぐやめられるっていうのは、大事なことだよ」

「……それはそうですね。私も、何かあっても一日でやめられる、って思えなかったら、対面販売は再開しなかったと思います」

息子たちも独立して家を離れていき、退職してまもなく、奥さんが亡くなった。

奥さんと一緒にやっていた、週に一度の喫茶店・カフェめぐりもする気になれない。

これからどう余生をすごしていこうか……と途方にくれていたとき、矢吹さんから開業を持ちかけられたのだという。

「オーベルジュは続けられないし、訳あって、ここを特定の誰かにずっと貸すのも避けたいんですよ。週に一度でも、喫茶店、やりませんか？　進藤さん、コーヒーお好きでしょ？」

そんなふうに言って。

店を自分でやるなんて考えたこともない、と辞退するが、「建物って使わないと傷みますから。人助けだと思って！」と頼み込まれて押し切られた。

楽しくなければ、一日でやめていい。

それがハードルを下げたのだった。

たいした収入になるわけではないが、自分の仕事だと思うと、生活に張り合いも生まれる。毎日、するべきことがあるというのは進藤さんを安心させた。

「僕なんか、別に仕事人間ってわけじゃなかったし、仕事辞めたらのんびり好きなことをやろうって思ってたんだよ。でも、実際退職してみると、突然、社会と切り離されてしまった感じがして不安でね……。たぶん、定年退職したサラリーマンって、多くがそうなるんじゃないかな」

静かに語っていた進藤さんが、微笑む。

「もちろん、矢吹くんとしては、レストラン部分を貸し出すことで収益を上げたいっていうのが第一だったとは思うけど。僕にやることを与えたいって気持ちもあったんじゃないかな。彼は、そういう親切心みたいなものが強いよね。おせっかいになるギリギリのラインを見極めている感じの」

「祐太郎くんのことも、そうですね」

「うん。何をしたらいいのかわからない、したいことがない、って焦燥は、僕にも多少わかるからね。中学生の彼に張り合いができるなら、できる限り協力してあげたいって思ってるよ」

目尻に優しい皺《しわ》を作って、進藤さんはそう言った。

週に一度のホテル・ヴォーリズの休日。

宿泊していたお客さんが早くチェックアウトしてくれたので、私は頼子さんと川端さんと三人で、「喫茶リオン」に行った。

ホテルは不定休だ。予約状況を見て、週のうち一日を休業日にする。加えてあと一日、個人で休みを取ることができるけれど、残り三人は働いているので、みんなでゆったりできるのは休業日の午後から翌日の午前にかけての一日だけだ。

頼子さんは、仕事中はちゃきちゃきと動き回っているけれど、家族の中では女王様だ。「よきにはからえ」とばかりに、たいていのことは婿と孫に丸投げ。

喫茶店で注文するのも、注文品を取りにいくのも、全部川端さんがやっていた。川端さんが「何がいい？」とも訊かないところをみると、いつものことなのだろう。彼女の好みを把握しているから、いちいち訊く必要はないのだ。

「あれが例の絵だね」

コーヒーに口をつけてから、頼子さんが壁に目をやった。

昨晩のうちに矢吹さんが額をつけて飾ったものだ。

図案化した木香薔薇。昔、美術館で見たミュシャのリトグラフみたいな質感。

私は芸術には疎いけれど、なんとなく、隙を感じる。上手だし、私には絶対描けないのだけど、構図やバランスが、「これしかないよね」ではないというか……。中学生なのだから、隙があって当たり前だとも思うのだけれども。

でも、花びらや葉の色は「黄！」とか「緑！」ではなく、現実にはない色が混じっていておもしろい。きっと、祐太郎くんにはこの色が見えているのだろう。

「なかなかいいよ。部屋も明るくなった」

頼子さんの言葉に、私はうなずく。

「いくつか下書きみたいなものをもらって壁に貼ってみたりして、あの木香薔薇を選んだんですけど。祐太郎くん、そのときに矢吹さんが撮った写真を見て、微妙にショックだったみたいです。壁にかけると思ったより良くない、って。だから、下書きのときよりも、花や葉っぱが大ぶりになってる」

川端さんがデニッシュを切り分けながら答える。

「そこでちゃんと原因を考えて修正できるんだから、すごいよね。そういうことができる人は、レベルアップする」

そう言って、彼は切り分けたデニッシュのお皿を頼子さんの前に置いた。

彼はおばあちゃんにとても優しい。

「やっほー、お待たせ！」

矢吹さんがやってきた。今日も船頭姿だった。

「待ってないけどね」

頼子さんが短く言う。

「またまた〜、お義母《かあ》さん、俺がいないと淋しいくせに」

「お義母さんって呼ぶんじゃないよ」

「呼ぶなって言っても、実際お義母さんでしょ」

矢吹さんは、まったく頓着していない様子だ。

ここへ来たばかりのころ、私は二人のやり取りにはらはらしていた。でも、川端さんは毎回完全にスルーしているし、決して険悪なムードにはならない。今では挨拶みたいなものなのだと理解して、見守っている。

カウンターに注文しに行った矢吹さんは、戻ってくるなり、腰袋からハガキ大の紙を取り出した。テーブルの上に並べる。

「これ、祐太郎の作品第二弾」

三枚のポストカードだった。絵が印刷されている。

「あっ、これ、前にラフで見たやつですね」

そのうちの一枚を指さして、私は言った。

西洋画っぽい八幡堀の絵だ。

残りの二枚は初めて見た。菖蒲の花の咲く八幡堀と、ホテル・ヴォーリズの絵が描かれている。

「今回は、依頼じゃないんだよ。絵の謝礼を元手にして、ビジネスをやらないかって持ちかけたの。ポストカードを作って、売らないかって。うちのフロントで委託販売。売れた分だけ、手数料を引いて支払う」

ポストカードに触れてみる。

厚手のしっかりした紙だ。ぺらぺらの紙では、郵送する途中でみすぼらしくなってしまうので、それはいいと思った。

印刷はもちろん市販のものには及ばないけれど、祐太郎くんの絵の独特の色の表現がいい。

「ちょっと、ぐいぐいいきすぎじゃないですか。大丈夫？」

川端さんが眉をひそめた。

確かに、絵を依頼してから日も経っていない。引きこもって無気力になっていた子に、急に働きかけすぎている感じもある。

「それがねえ、祐太郎、結構乗り気なんだよ。さっき直接会って話してきたから、これは本当。美月さん効果かな」

シナモンロールを頬張っていた私は、むせそうになった。

「えっ、私!? どうして!?」

「美月さん、即断即決じゃん。急に引っ越したり営業かけたりコーヒー売ったり、思いついたことはとりあえずやるし。うちにこういう人が来た、って話をしてたの、祐太郎に」

「いえ、あの、あまり深く考えてないだけですよ。とにかく自分のお菓子で身を立てたいから試行錯誤してるだけですし……」

私は慌てた。

親には「考えなしに軽率に行動する」とたしなめられて育ってきたので、何となく気恥ずかしい。

新しいバイトを始めるのも、営業をかけるのも、緊張はした。でも、元手は自分の勇気だけ、と思うとやれるのだ。

私は自分の好きなお菓子を作って生きていきたいし、そのためなら苦手なことでもやらなきゃいけない。一人で仕事をするというのは、そういうことだった。

矢吹さんが続けた。

「それでも『とりあえずやってみる』って姿勢は、無気力になってた子にはいい刺激になったんじゃないかな。話を聞いてると、自分でもやれそうな気になってきちゃう」

今回はあくまでもビジネスなので、ホテル・ヴォーリズが特別にバックアップするわけではない。フロントにポストカードを置いて販売はする。けれど、矢吹さんが買ったり、知り合いを動員して売りさばいたりすることもない。

チャレンジしたことがすべて上手く行くわけではないことは、中学生の子だって知っていなければならないことだ。

上手くいかなければ、創意工夫してほしい。そして、これを機会に、やりたいことを見つけてほしい。

矢吹さんはそう言った。

午後、キッチンが空いていたので、フィナンシェを試作した。

私はお菓子にロマンチックな装飾をするのが大好きだけど、不思議とフィナンシェを飾りたいとは思わない。

金ののべ棒をかたどったというフィナンシェは、あれが至高の形。外側はエッジを中心にさっくり、中はしっとり。その食感がおいしさの秘訣《ひけつ》だから、デコレーションはむしろ邪魔なのだ。

フィナンシェが好きすぎて、聖域になってしまっている。クッキーのような「売り」が作れない。「純粋に味で勝負すべき」というフィナンシェ好きの私と、「選ばれるためには見た目の差別化も必要」と考える経営者の私が、いつも頭の中で喧嘩《けんか》している。

装飾するなら、パターン化された植物の図案がいい。焼き印で模様をつけると、その部分の食感が悪くなるだろうか？

ひとまずプレーン、コーヒー、黒糖の三種類のフィナンシェを焼いた。花とリーフ柄の焼き印を押してみる。

「うん、可愛い！　匂いもいい！」

自画自賛する。お菓子が美しくできると、それだけで幸福になってしまう。

見た目はキュートになったから、問題は冷めてからの食感だ。

熱を取っている間に、離れへ向かった。

たくさん焼いたので、キッチンに置いておいて、食べてもらおうと思ったのだ。

外へ出ると、裏庭で矢吹さんに会った。

作業着を身につけた彼は、脚立を担いで、枝切り鋏《えだきりばさみ》を手にしていた。

「お疲れ様です。何をしてるんですか？」

「ツタを切ってたの。放っておくと、あっという間に建物が覆われちゃうから」

見ると、庭のあちこちに切ったツタの山ができている。

ツタの葉っぱは可愛いし、壁を這《は》う姿にはムードがある。でも、ツタの生命力は強く、放っておくと手が届かないところまで伸びていくし、虫のすみかにもなるので、こまめに手入れが必要なのだという。

「さっきからいい匂いがするね」

矢吹さんが鼻をうごめかせた。

「フィナンシェ焼いてたんです。食べませんか？　自分で言うのもなんですけど、私のフィナンシェ、すっごくおいしいんです！」

「いいねえ。これだけ片付けてくるから、休憩にしよう」

脚立を揺らし、矢吹さんが裏庭のテーブルを指さす。

かつてレストランのテラス席で使っていたというアイアン製の椅子とテーブルだ。

私は雑巾で椅子とテーブルを拭き、休憩の準備をした。

ホテルと離れの間にある裏庭は、客室からは見えない。

普段は、洗った掃除道具を干したり、矢吹さんがハンモックを出して寝たりしている。

ひんやりとした木陰の空気や、かすかな風が心地よい。

端のほうには川端さんが育てているハーブのプランターが並んでいて、緑の葉がそよいでいる。微妙に色合いのちがう緑の小さな葉が可愛らしい。

戻ってきた矢吹さんが、テーブルにグラスを置き、ボトルからアイスティーを注いだ。

「矢吹さんは、祐太郎くんと仲良しなんですか？」

さっぱりとした苦みの少ないアイスティーを飲みつつ、私は訊いた。

「いや？　保育園卒園してからは、道で会ったらしゃべるくらいだったけど。どうして？」

「ずいぶん親切にしてるから」

「そうだねえ。まあ、小さいころから知ってるから可愛い、っていうのはあるけど……

あっ、これ、うまい！　もう一個食べていい？」

「どうぞどうぞ。こっちの黒糖がおすすめです」

私は完全に冷めて生地が落ち着いたフィナンシェがいちばんおいしいと思っているけど、まだ温かいものも悪くない。焼き焦がしバターとアーモンドプードルがもたらすしっとり感が、強く残っている。焼き印をつけた部分の食感も、現時点では問題なし。

フィナンシェを食べつつ、矢吹さんは少し考えるようにした。

「才能が眩しいのかもね」

「才能？」

「絵が上手いでしょ」

「ええ」

「俺は才能がなくて挫折した人間だから、眩しいわけ」

私は彼の顔を見た。

口にした言葉はネガティブなのに、表情はあっけらかんとしていた。

「ここ、前はオーベルジュだったんだって、聞いた？」

「はい、頼子さんから」

「耀くんのおじいさんがやってて、ほんとにおいしかったんだよ。地元の人間も、誕生日とか結婚のときの顔合わせとか、ちょっと特別なときに利用する店でさ。まあ、いろいろあって、跡継ぎ不在だったんだよね。で、俺は真喜《まき》ちゃん――奥さんになる人ね、彼女に、『俺が料理人になって後を継ぐ、だから結婚しよう！』と持ちかけたわけだ」

調理師専門学校に行き、調理師免許を取り、三年間、川端さんのおじいさんの手伝いをしていた――。そこまで話してから、矢吹さんは両手を掲げた。

「ところがねえ、びっくり！　俺、才能なかったんだよ！　それまで、やろうと思ったことは、たいてい努力すればある程度なんとかなってきたし、家でも普通に料理してたから」

私は首をかしげた。

「矢吹さんのごはん、おいしいですよ。野菜を蒸し焼きにしたやつとか、チキンと野菜をオーブンで焼いたやつとか。私、ここへ来て初めて、野菜っておいしいんだって思いましたし」

「ありがとね。でも、それ、野菜そのものがうまいからなの。俺のは農家のメシ。野菜と肉と塩とオリーブオイルしか使ってないし、素材がいいから、まずくなりようがないんだよ」

私が腑に落ちない顔をしているのがわかったのだろう。

彼は腕を組んで、うなった。

「野菜をきれいに切るとか、レシピ通りに作るとか、そういうのはできるよ。でも、たとえば、美月さんは、お菓子をさらにおいしく、さらに可愛くするのはどうしたらいいか、ずっと考えて、いろいろ試すでしょ。それが苦じゃない。それで新しいものもどんどん作る。俺はそれができないんだよ。繊細な味のちがいもわからないし、味を細かく調節することにも興味がない。興味を持って追究できるかどうかっていうのも才能なんだよね」

「そうかな……でも、そうですね……私もたぶん、画家とか音楽家とか、メイキャップアーティストの才能はない……その方向に興味がないから頑張れないかも」

「そうなんだよ。後継ぐから結婚しようって言ったのに、これ。かっこ悪くない？　お義父《とう》さんは、『跡継ぎは、いないならいないで別にいい』って言ってたし、真喜ちゃんも『努力は認める』って言ってくれたんだけど」

料理の才能がないだけで、他の才能はあると思っているから、人生を悲観したりはしない。だけど、望む才能がなかったというのは淋しいし、だからこそ、小学生のときから才能の片鱗《へんりん》を見せていた祐太郎が眩しい。

そう矢吹さんは語った。

「祐太郎は、学年替わったときに、一回学校に行こうとして、また引きこもっちゃったでしょ。しかも、今回は異常に無気力になってる。たぶん、祐太郎も中学生になって成長してるから、『社会』を意識しはじめてるんだよね」

「社会……」

最近、別のところでもその言葉を聞いた……と考えて、思い出した。進藤さんからだ。

「たとえば、お金ね。お金がたくさんあったら、できることも増えるし、ハッピーになりそうじゃない。確かにないよりあったほうがいいし、あるラインまでは、あればあっただけハッピーなんだけど、それを超えると、幸福度は頭打ちになっちゃうんだってさ」

食べたいものを食べ、寝たいだけ寝て、好きな人と結ばれて、お金持ちになっても、それだけで人は満たされない。

尊敬されたい、新しいことを知りたい、仲間として認められたい。人の欲にはいろいろあって、誰かの役に立っているという感覚も、幸福には必要なのだという。

「大人の場合、それを味わうのに、いちばん簡単な方法が仕事ね。収入を得るだけじゃなくて、誰かの役に立ってるって満足感が得られるわけ。子どもは働かないけど、学校に行って、集団の中で何らかの役割は果たしてる。学校に行けなくなったときにしんどいのは、世界が家族だけになって、社会とつながってる感覚がなくなっちゃうからだと思うんだよね」

進藤さんの話を聞いていたときと同様、私はうなずきつつもいまいちよくわからないでいた。

高校まで学校に行っていたのは「普通、行くものだから」で、製菓学校に行ったのは「好きなことで身を立てるため」。お菓子を作り続けるのは、「好きだから」「好きなことで収入を得たいから」。誰かの役に立ちたいとか、社会とつながりたいとか、そんなこと、考えたこともなかった。

たぶん、「社会」というのは、自分がそこから切り離されたときに初めて意識するものなのだろう。

「全然、実感はないんですけど……でも、この前、進藤さんから聞きました。退職した後、社会から切り離された感じがして、どうしよう……って思ってるときに、矢吹さんに誘われて喫茶店をやることになったって。毎日するべきことができて、張り合いができたって」

私が言うと、矢吹さんは眉を上げて目を見開いた。

「えー。進藤さん、そんなこと言ってくれたの？　嬉しいね」

「社会とつながってるって、たぶん、そういうことですよね」

「そうそう」

アイスティーを飲みつつ、矢吹さんが続ける。

「もちろん本人には言ってないけど、祐太郎はさ、たぶん、これからも学校にはなじめないと思うんだよね。保育園のときから、その傾向はあったし。だからお先真っ暗、ってわけじゃなくて、道はあるんだけど、この先、『みんなと同じ』に戻ろうと思ったら、学校行ってなかったことで苦労はすると思うんだよ」

「そうですね……システムは多数派に合わせてできてるわけだから」

学校に行かなくても、生きてはいけるだろう。でも、学校で学ぶことは――勉強も、それ以外のことも――身についていない状態だ。別の方法でそれを身につけることはできるだろうけれど、遠回りする分、骨が折れるのだ。

ご両親の心配も、たぶんそこにある。

「この前、家に行ったとき、祐太郎にあのツタの話をしたの」

矢吹さんが、庭に残ったツタの山を指さす。

「このまま学校に行かなかったら、それ相応に苦労するだろうけど、それならそれで正攻法じゃない方法を考えたらどう？　って」

植物たちは、互いに日光をめぐる競争相手だ。より高く伸び、より大きく葉を広げて、日光を浴びることができたものが生き残る。背を高くするためにも、葉を広げるためにも、幹や茎は丈夫に作らなければならない。

ツタやきゅうり、ゴーヤなどのつる植物は、その「常識」をかなぐり捨てた一族だ。茎はひょろひょろで、自立できない。茎を丈夫にする時間と労力を省略して、とにかく早く、長く伸びる。他の植物や人工物に巻きついて上へ上へと伸び、日のあたる場所に到達する。

ツタなんて、絡まるところのない壁にもくっついて上っていく。競争相手の少ない場所で、どんどんテリトリーを増やしていく。

同じように、戦略的にみんなとちがう方法を探したらどうか、と矢吹さんは勧めたのだ。

学校に行けないなら、その時間を使って「学校に行かずに世を渡る方法」を探す。とりあえずいろいろやってみて、好きなこと、やりたいこと、仕事になりそうなことを見つける。みんなより、早く、広く、手を伸ばす。

「ポストカード作って売らない？　って提案したのは、その後ね。祐太郎、そのときは反応薄かったんだけど、美月さんの話を聞いてて始めるハードルは下がってたんじゃないかな。すぐに『こういうのはどう』ってラフ送ってきたから」

私は矢吹さんの顔を見て、言った。

「……矢吹さんって、愛情深い人ですね」

口にしてから、ちょっと恥ずかしくなった。

「愛情」なんて言葉、国語の答案や読書感想文でしか使ったことがないんじゃないだろうか。

矢吹さんも、ちょっと照れていた。

「いや～、そう⁇　義理の息子には全然愛が伝わってないんだけど？」

反射的に「そんなことは」とフォローしかけ、言葉に詰まる。

確かに川端さんは、矢吹さんに対して他人行儀だ。

嫌っていないのは確かだし、角が立つような態度は決して取らない。でも、敬語でしゃべっているので、彼らを見かけて親子だと思う人はいないだろう。

「それは」

私は笑顔を作った。

「今後に期待！　ですね」

「がっくり」

矢吹さんは芝居がかった仕草でうなだれた。


ポストカードの販売を開始して、二週間が経った。

飛ぶように売れた……というわけではない。

でも、チェックアウトの際、フロントで応対していた川端さんが、いつもの笑みをたたえた目で「記念にいかがですか」と勧めると、「いいね」と買っていく人はいた。

値が張るものではないというのもあるし、やはり観光地なので消えものではない記念品がほしいという思いもあるのだろう。

でも、「ほんのちょっとだけでも、このかっこいい男の子を喜ばせたい」という気持ちもあるのだと思う。おじいさんやおじさんと呼ばれる年齢の人でも、川端さんに親切にされると嬉しそうだから。これは彼の才能なのだ。

「喫茶リオン」に珍しいお客が来たのは、そんな五月下旬のことだった。

その日、私は朝早くにチェックアウトしたお客さんの部屋からリネン類を回収し、二階から降りていった。そして、レストランスペースの入り口に、見覚えのある女性の姿を見つけたのだった。

一つ結びにした長い髪と、カーディガンに長いスカート。

身を隠すようにして、入り口から喫茶店の中をのぞいている。

少しの間、記憶の中を探り、それが葵さん——以前、矢吹さんが「リオン」に連れてきていた祐太郎くんのお母さんだと気づいたのだった。

「こんにちは」

控えめに声をかける。

「アルバイトの小花です。前に祐太郎くんに依頼する絵のことでご一緒した……」

「あっ、こんにちは。ご無沙汰してます」

振り返った葵さんが声をひそめて答える。

「どうなさったんですか」

「実は、祐太郎が来ていて……」

「えっ」

再三の矢吹さんの誘いにもかかわらず、頑として家を出なかった彼だ。

私も葵さんと同じように、レストランスペースをのぞき込む。

こちらに背を向け、小さなテーブルに男の子が座っている。

「喫茶リオン」の営業時間は朝七時から十時。

営業時間が平日の午前だということもあって、もともとお客さんの年齢層は高め。ホテルのチェックアウトが十時なので、宿泊客の大部分は早めに朝食を済ませている。九時半以降はたいてい、近所のおじいさんやおばあさんの社交場となる。

お年寄りたちがコーヒーやパンを手におしゃべりしている中で、若い男の子の背中は目立った。

それは本人も自覚しているのか、所在なげだった。テーブルにオレンジジュースらしきものが見えるけれど、飲んでいる様子はない。リュックサックを背負ったままなのも、緊張を感じさせる。

「どうしたんでしょうか」

私のつぶやきに、葵さんも不安そうだ。

「わかりません。今朝、急に出かけると言いだして……。どこに行くのか訊いたら、ケンケンのホテルって言うんですけど、矢吹さんはいらっしゃらないみたいだし」

息子にはついてくるなと言われたが、やはり心配で後をつけてしまったのだという。

「矢吹さん、今日は朝から船頭さんなんですよね」

私は言う。

矢吹さんに用事なら、不在だとわかった時点で帰るだろう。そもそも、彼は矢吹さんと直接メッセージをやり取りできるのだから、前触れもなく会いにきたとは考えにくい。

それに、中学生が時間つぶしで入るには、個人経営の喫茶店というのはハードルが高いように思える。

彼は、矢吹さんではなく、「喫茶リオン」に用事があってきたのだ。

「何をしているんですか」

声をかけられて振り向くと、川端さんだった。フロントから出てきたらしい。

「不審者みたいですよ、特に小花さん」

遠慮のないことを言ってくれる。

「祐太郎くんが来てるんです」

私が声をひそめて言うと、彼は「ああ」と答えた。

「さっき、フロントに挨拶に来てくれましたよ。『ポストカード、売ってくださってありがとうございます』って」

緊張した面持ちながら、祐太郎くんは最初にフロントに来て、川端さんに礼儀正しくそう言ったのだという。そして「喫茶リオン」の場所を訊いた。

葵さんは目を丸くしていた。

私は少し考え、川端さんに許可を取って、自室に戻った。

「ちょっと挨拶に行ってきます」

葵さんに言いおいて、喫茶店に入る。

コーヒーを入れていた進藤さんに目で合図をして、祐太郎くんの背中を指さす。

進藤さんも彼だと気づいていたのか、無言でうなずいた。

「こんにちは」

祐太郎くんの背中に声をかける。

彼は、びくっと肩を震わせて、振り向いた。

長めの前髪の間から、いぶかしげな視線を向けてくる。

彼と距離を保ったまま、私は小声で言った。

「祐太郎くんだよね。ここで菓子店をやっている小花です」

名刺を取り出して、差し出す。ショップカードと同時に作ったものだった。

「あ、はい、……こんにちは」

戸惑った様子で、彼は名刺を受け取った。うつむきがちに、もごもごと言う。

「ケンケ……矢吹さんから聞いてます」

「ここに座ってもいい？」

「……はい」

同じテーブルにつき、私は壁の絵を指さした。

「お花の絵をありがとう。依頼したのは進藤さんだけど、あそこに絵がかかって部屋が明るくなったよ。お掃除するときも嬉しい」

「どうも……」

彼は恥ずかしそうに返した。

言葉は短いけれど、悪い気はしないようだ。

「これは、私からのお祝い」

私は自室から持ってきた個包装のクッキーを二枚、差し出した。

Ｗｅｂ経由の受注生産で、開業祝いのためのクッキーを作った。もしタイミングが合えば、矢吹さん経由で彼にもあげようと思い、少し多めに作っておいたのだ。

祐太郎くんはおずおずとクッキーを受け取り、見つめた。

スクエア型のクッキーのうち、一枚には、走る九頭の馬が描かれている。もう一枚には、船に乗った人が、長い棒を水の中に差し込んでいる姿。

「こっちはね、走る馬が九頭で『馬九行く《うまくいく》』。こっちは、水の中の藻を刈る船で『藻《も》～刈《か》る』」

私が胸を張って言うと、彼は微妙な顔をしてこっちを見た。

笑うべきかどうか、迷っているようだ。

沈黙の後、意を決したように彼は口を開いた。

「……あの……親父《おやじ》ギャグ……ですか？」

「ちがうよ！」

〝寒いダジャレを言う女〟の誤解を解こうと、私は声を大きくした。

「私が考えたダジャレじゃないからね！　昔からある縁起ものなの！」

その必死さが、おもしろかったらしい。ふふ、と彼は笑った。

「同じホテルで商売する者同士、よろしくね。プロデビューおめでとう」

私が言うと、彼は慌てた。

「プロ……プロじゃないです」

「ポストカード、売れたんでしょう。自分の作ったものに、誰かが対価を払ってくれたのなら、それはもうプロだよ」

「そうなんですか……」

彼はクッキーを見つめつつ、しばらく考えていた。

「ありがとうございます。僕、進藤さんにお願いがあって……」

彼が言いかけたとき、近くのテーブルにいたおじいさん三人組が立ち上がった。

「ごちそうさん」

「また明日」

進藤さんと笑顔を交わし、おじいさんたちが店を出ていく。

客席は、祐太郎くんと私だけになった。

カウンターにいた進藤さんが、こちらを見る。

蝶ネクタイにベストを身につけた、いつも通りの紳士然とした姿。

祐太郎くんは、幾度か呼吸をして、立ち上がった。カウンターに近づいていく。

「あの、は、初めまして。井上《いのうえ》祐太郎です。絵を頼んでくださってありがとうございました」

祐太郎くんが頭を下げた。

進藤さんが目元に笑みをたたえる。

「初めまして、進藤です。こちらこそ、いい絵をありがとう。花でも飾ったらいいんじゃないかと思っていたけど、店は一日おきにやってるから、ついつい億劫《おっくう》でね。代わりにあの絵が部屋を華やかにしてくれた」

「あの……あの、」

祐太郎くんが口ごもる。

「お願いがあります」

「何だろう」

私も席を立ってのぞきにいった。

祐太郎くんが背負っていたリュックを肩から外し、ごそごそと中を探る。

彼が取り出したのは、半透明の袋に入った紙の束。

「もし、よかったら、ここでポストカードを売ってもらえないでしょうか。あの……い、委託販売の形で」

私はびっくりして、彼の顔を見た。

「これは、フロントでも売ってるものだね」

進藤さんが、袋を受け取って中を見る。

「はい、そうです」

もじもじと祐太郎くんはうつむいていたが、勇気を奮い起こしたように続けた。

「ホテルのお客さんは、オンラインで予約してクレジットカードで決済していることが多いって、ケンケン……矢吹さんが。フロントでポストカードを見て、ちょっといいなって思っても、わざわざ財布を出して買うのは面倒なんだって……」

「うん、うん」

　進藤さんは優しく相槌《あいづち》を打った。

「小さいものは、別のものを買うときに一緒に買いやすい、そうです。スーパーとか、コンビニのレジの近くに、小さいお菓子とか置いてるのは、そのせいだって」

「うん」

「だから、ここにも置いてもらえませんか。買い取りじゃなくていいんで、売れたら一部を手数料として取ってもらって……」

　たどたどしく、けれども懸命に祐太郎くんは言った。

　すごい、と私は思う。

　ポストカードが売れたことが、彼を動かしたのだろう。

　なにしろ、彼は中学生なのだ。見知らぬ誰かが、自分の作ったものに価値を認めて、お金を払ってくれた。嬉しいに決まっている。そして、もっと買ってほしいと思ったのだ。

　矢吹さんのコメントは、明らかに誘導だった。

　このままじゃ、櫂くんの販売力頼みだよ、もっと売りたいなら自分でアクションを起こさないと。そう暗に言ったのだ。

　矢吹さんの誘導の結果だとしても、たいしたものだった。祐太郎くんは自分の作ったものを何とか売るために、閉じこもっていた部屋を出て、見知らぬ人のところに飛び込みで営業に来たのだ。

「うーん……」

進藤さんは腕を組み、うなった。

祐太郎君は、うつむいて身を固くしている。

「商品管理と経理がちょっと、面倒くさくなるんだよね……。売れた分を報告して、計算して、発注して、補充して……結構な手間なんだよねえ」

「そうですか……」

意気消沈した祐太郎くんに、進藤さんは続けて言った。

「君、二週間に一回でいいから、ここに来て、何枚売れたかチェックして、自分で計算して請求してよ。そして売れた分だけ、自分で補充する。それならいいよ」

祐太郎くんがはっとして、顔を上げた。

「あ、ありがとうございます！」

「じゃあ、細かいことを決めようか」

進藤さんが祐太郎くんの座っていたテーブルを指さす。

私は軽く挨拶をして、レストランを出た。

レストランの入り口の陰で、葵さんはハンカチを目元にあてていた。傍らにいた川端さんが、優しい目で彼女に何か語りかけている。

たぶん、話が聞こえていたのだ。

「すごい！　彼、もうしっかりビジネスしてる！」

私は声を上ずらせた。

思いがけず、心動かされてしまった。

学校も行かずに何をやってるんだ、という人もいるだろう。でも無気力で、好きでもないゲームで時間をつぶしていた彼は、少なくとも当面の目標を見つけたのだ。家の外に出て、知らない人に営業をかける行動に出たのだ。

今でこそずうずうしい私だけど、中学生のときに同じことができたとは思えない。

「あー、燃えてきた！　私も新規開拓したい！」

私が拳を振って身もだえせんばかりに言うと、川端さんが私を見た。

例の女殺しの目だったので、とっさに手をかざしてガードする。

「また……。小花さん、何ですか、そのポーズ」

「お気になさらず」

「気になりますよ」

言いあっていると、後ろから足音が近づいてきた。

「なんでいるの」

祐太郎くんだった。

まっすぐお母さんに視線をあてて、顔をしかめる。

「一人で行くって言ったのに」

不機嫌そうにぶつぶつと言ったけど、お母さんがずっと心配していたことはわかっていたのだろう。

「……後で話す」

お母さんにそう言った後、祐太郎くんは私に向き直った。

私の顔を見ようとして、でもそれができずに目を伏せて、口を開く。

「……クッキー、ありがとうございました」

「うん、お口に合うといいんだけど」

そう答えると、祐太郎くんはまたもじもじとして、紙を差し出した。

受け取って、見る。

ポストカードだった。

タイルのような模様を描いたスクエア型のアイシングクッキー。エディブルフラワーを飾ったパウンドケーキ。二色のチョコレートをかけたビスコッティ。

「小花菓子店」の商品をイラストにして、繰り返し模様にして並べていた。

オリジナルの包装紙に使えそうなデザインだ。

伏し目がちに、祐太郎くんが言う。

「……よかったら、使ってください。データで売れます」

川端さんがふふ、と笑った。

私は面食らって、ちょっと恥ずかしくなった。

私が進藤さんに営業をかけた、そのときとまったく同じやり方ではないか。

「ありがとう」

私は微笑みかけた。

「もう、パッケージやサイトの壁紙にしてるデザインはあるから。いつか必要になったら買わせてもらうね」

「……ありがとうございます」

彼は少し落胆したようだった。

私も本当は迷っていた。大人として、ご祝儀代わりに購入することもできた。

でも、「小花菓子店」の店主として——ひょっとしたらこの先取引するかもしれない相手として、対応することにしたのだ。

彼の描いた絵は、確かに上手だった。きれいだった。でも、私がSNSに載せているお菓子の写真そのままだった。

お菓子も、絵も、同じ。必要なくてもほしい、この絵を使いたいからパッケージを一新する。そう思わせなくてはダメなのだ。

彼もまたこれから試行錯誤して、より素敵な、より心動かす絵を描くようになるだろう。「中学生だから、買ってあげる」なんて思わせないものを、作るだろう。

そうなったときに、私は改めて彼に絵を頼む。

私は再び微笑んで、言った。

「お互いに、頑張ろうね」

「頑張ります」

祐太郎くんは、そう答えて頭を下げた。

川端さんにも一礼して、ホテルを出て行く。

ついてくるお母さんに向かって、何やらぶつぶつ文句を言っているようだった。

いかにも反抗期の中学生という不機嫌さ。それが傍目《はため》には微笑ましい。


翌週から、毎週金曜日の朝、祐太郎くんが「喫茶リオン」にやってくるようになった。

進藤さんは二週間に一度でいいと言ったのだけど、毎週来る。ポストカードの売れ行きが気になっているのかもしれない。

お客さんが少なくなってきた九時半くらいにやってきて、進藤さんに代わり食器を洗ったりトレイを拭いたりしている。

学校は相変わらず行っていないようだった。

でも、私に向かってぼそぼそと、

「あの……絵を仕事にするなら、学校に行ったほうがいいでしょうか。美術系の」

などと訊いてくるようになった。

「私は絵のことは全然わかんないけど、イラストレーターもパティシエも、なるのに資格はいらないでしょ。独学でもやれるんだと思う。でも、私は製菓学校に行った。お菓子作りの理論とか、仕事にした後のことを学ぶシステムが学校にはあるから。性格的に、ちゃんと勉強したほうが自分は安心できると思ったから」

私はそう返事をした。

「キッチン　今日だけ」の関係者でいちばん歳の近いのは私だし、彼の中では、大人というより先輩ポジションになっているようだった。

「私の店のロゴ――このお花の柄とか字とかね、これはネットで見つけたデザイナーさんに作ってもらったの。これまでに手がけたロゴをたくさんサイトに載せてて、そこに好みのデザインが多い人に決めた。祐太郎くんも、何か一つ得意なジャンルを決めて、まずはその絵を増やしていったほうがいいのかも」

私が言うと、彼は慌てた。

「ちょっと待ってください」

リュックサックからペンを取り出し、自分の手の甲に「とくいジャンルをきめる」とメモしている。

もちろん、これから彼の興味の方向が変わることはあるだろう。まだ十三歳とか十四歳とか、そのくらいなのだ。絵とは全然ちがう方向に行く可能性だってある。

でも今、彼は自分から将来のことを考えて、動こうとしている。それはとてもよいことのように思えた。


「進藤さんにとっても、よかったんじゃないかな。祐太郎くんに漫画を借りたと言っていましたよ。代わりに進藤さんはミステリー小説を貸したって」

再びのホテルの休日、お堀の飛び石を歩きながら川端さんが言った。

「素敵。進藤さんの世界もどんどん広がってるんですね」

私も後について、飛び石を渡る。

新しい仕事に慣れるので精一杯で、街の地理が全然わからなかった。それで、今日はホテルから行けるところまで行ってみようとお堀沿いに歩いてみたのだ。

お堀は先にも続いているけれど、石畳の道や飛び石で水の流れを追っていけるのは、「かわらミュージアム」のあたりまでだ。

行き止まりの近くの橋の下には、舟が二艘《そう》くっつけてあった。何だろうと思っていたら、川端さんが教えてくれた。これは浮橋といって、橋は地面に固定されておらず、上にのっているだけ。増水すると舟と一緒に橋が浮いて、橋が水没しないようになっているのだそうだ。

平日だけど、よく晴れた日で、人は多かった。橋にも川沿いの遊歩道にも人が行き交い、お堀をひっきりなしに舟が往来している。

お堀を縁取る新緑は美しく、水辺には黄菖蒲が咲いていた。

「『今日だけ』があってよかったですね、進藤さんも、祐太郎くんも」

ホテルが見えてきたところで、階段を上り、私は言った。

「矢吹さん、『ここは失敗してもいい場所だ』ってよく言いますけど、失敗してもいいように『小さく始める』って、自分で商売始めるのに大事なことですし。進藤さんも、老後に自分のペースでお仕事をやれるようになって、祐太郎くんも自分で仕事を広げられた」

既存のシステムに乗れなくなった人に、別の道を開く機会を与えている。

細くて弱々しいつるが、隙間を縫って日のあたる場所に向かうように、進藤さんも祐太郎くんも、自分の道を見つけている。

「僕は最初、腹を立ててましたけどね。ここへ来たとき」

車道に上がってから、川端さんは言った。

「ホテルの仕事だけでも忙しいのに、シェアキッチンの管理もやらなきゃいけない。しかも、当の矢吹さんは、ほとんどホテルにいないでしょう。特定の誰かに貸しっぱなしにしたほうが、絶対に楽なんですよ。収益も安定するし。でも、まあ、あの人がやりたいことはわかりました」

爽やかな風が吹き抜けて、川端さんの髪を揺らした。

愛が伝わらないと矢吹さんは嘆くけれど、ベストだと思う距離感がちがうだけで、この人はたぶん、誰に対してもそうなのだと思う。

歳下《としした》の私に対しても礼儀を守って、ずっと敬語でしゃべっている。親切だけれども、急激に距離を詰めてくることがない。常に気分がフラットで、不機嫌で人をコントロールしようとしたりしない。汚い言葉も使わない。

そこが私にとっては安心できるところなのだけれども、義父である矢吹さんにとっては、ほころびの見えないところが淋しいのだろう。ふだん礼儀正しく親切な人がそっけなさを見せるのは、むしろ甘えだ。でも、当事者にそれは見えない。

「あれ。料金表、変わりましたね」

店の集まった通りにさしかかったところで、私は美容室の軒先を指さした。

張り紙が新しくなっていた。

以前見たときは、そっけなく「カット４４００円 パーマ１２０００円」とマジックでただ文字を書き並べてあっただけだった。それが、文字のデザインやサイズを使い分けて、メリハリの利いた紙面に変わっていた。イラストまで入って、目を引くものになっている。

「あ、合田さん……」

私は反射的に、川端さんの背後に隠れてしまった。

合田さんは電器店の前で脚立に乗り、ペンキを塗っている。中高年らしき女性たちが集まって、脚立を支えたり、壁を指さしたりしながら、何やら騒いでいる。

「こんにちは」

川端さんが声をかける。

「まー、糴くん！」

わいわいとしゃべっていた女性たちが振り向いて、声を弾ませた。

「うちのアルバイトの小花です」

川端さんに紹介され、私は頭を下げた。

「小花美月です、初めまして」

「電器屋さんのサワさん、美容室の美枝子《みえこ》さん、スナックのひとみさん」

川端さんが紹介し終えるやいなや、女性たちが口々に言う。

「なーにがアルバイトや！　聞いたで。結婚しやるんやって？」

「ミツキさん、あんたどうやって燿くん射止めたん？　やるなあ」

「大事にせなかんで。私ら燿くんのファンクラブやからな。粗末にしたら、私らが黙ってへんで」

合田さんがしゃべったらしい。その場しのぎの嘘が広まってしまっている。

明らかに不釣り合いなカップルなのに、誰も「なんであんたみたいなちんちくりんが」なんて言ってこない。みんな大人なのだ。

「燿くん、あんた、東京に修業行ったんやないん？　この子、京都におったんやろ」

「修業先って一つじゃないんですよ。デザートはデザートで専門性もありますしね」

「嫁さんも料理できるんやろ。ええやん、レストラン復活か。おじいさん喜んではるわ」

「いや、うちはもう宿泊業に一本化したんです。『リオン』みたいな、いいお店が入ってくれてますしね」

女性たちの遠慮のない質問に、川端さんは穏やかに受け答えした。

ん？　んん？

会話の中に、引っかかるところがいくつもあった。

けれど、私は黙っていた。人前だから、というのもあったけれど、人がいなくなっても訊くつもりはなかった。

すでに、うっすらと予想がついていた。私が何も話さないうちから、彼は私の修業時代の環境を理解しているふうだった。何より、料理の才能について話していた矢吹さんが、あのとき、毎回あんなにおいしい食事を用意している川端さんについて一言も触れなかったのも不自然だった。

でも、たぶん、私が知らなければならないことではないのだ。川端さんが話したかったら、話すだろう。

「合田さん、ありがとうございます。皆さんが助かっているって、矢吹から聞いています」

むっつりとペンキを塗っていた合田さんに向かって、川端さんが言う。

合田さんが答えるより先に、女性たちがわあわあと話しだす。

「そやねん、克己《かつみ》さんな、ほんまようしてくれはるんやで」

「この看板かって、うちの旦那がずっと放置しとったん、きれいにしてくれはってん」

「ほんま助かるわ～。王子様みたいやなぁ」

歯が浮くような褒め言葉だった。けれども、さすが客商売のプロ。スナックのひとみさんの言い方はわざとらしくない。

「ふん、おばはんらに感謝されても嬉《うれ》しないわ」

ペンキを塗りながら、合田さんが言う。

「またそんな憎まれ口叩く！」

「言い方があかんねん、克己さんは！」

わあわあと文句を言われて、合田さんはうんざりしたようにため息をついた。

やっていることを見ていると、コンサルタントと言っても、ほぼ便利屋のようなものみたいだ。

矢吹さんの話だと、最初は「ボランティアで」という話だったけれど、「それでは申し訳ない」ということで、結局、有料になったらしい。お店が少しずつお金を出しあい、月に一度、合田さんに来てもらって気になるところを指摘したり、直したりしてもらっているということだ。

渋い顔をしているけれど、別に辞めたって構わないのだ。「忙しいから」とか「体調が悪い」とか、断る理由はいくらでも作れる。今でもここに来ているということは、合田さんもそこまで悪い気はしていないのだろう。

矢吹さんの言っていたことを思いだす。

食べたいものを食べ、寝たいだけ寝て、好きな人と結ばれて、お金持ちになっても、人は満たされない。誰かの役に立っているという感覚も、幸福には必要なのだと。

合田さんを遠ざけたことを、私は全然後悔していない。

今思い返しても、彼の振る舞いが純度百パーセントの親切だったとは思えないし、身の危険を感じたことは確かだった。

でも、以前矢吹さんが言っていたように、始まりは純粋な親切からだったのだと思う。

自分の知っていること、できることを誰かに提供したかったのだ。

みんなみんな、誰かの役に立って、他の誰かとつながっていたいのだ。

# 第3話　青梅は寝かせて

スペインバルMA

「蛍を見に行きませんか、これから」

五月の下旬、川端さんが言った。

午後、ショッピングモールで買い物をして、車のトランクに荷物を詰めているときだった。

週に一度、ホテルの休日に川端さんが車で買い出しに行く。それに私も一緒に連れていってもらうのが、習慣になっていた。

包装用品や梱包資材、製菓材料のほとんどは通販で注文している。でも、通販で頼むまでもない日用品や、実物を見て買いたいものは、そのときに買うのだ。

近江八幡駅の近くには、「アンデケン」というケーキのお店があって、月に一回、川端さんはそこでチーズケーキを買って帰る。それも買い出しの日の楽しみ。スフレ状のしゅわっととろけるような、しっとりしたチーズケーキなのだ。

「蛍？」

私が訊き返すと、トランクを閉めて川端さんが言う。

「この前、醒井《さめがい》に行ったことないって言ってたでしょう。蛍がいる場所が近いから、ついでに」

彼は気遣いの人だ。土地勘もなく知り合いもいない私が退屈していないか、心配してくれているのだろう。

「いいですね。私、蛍って、子どものころに鑑賞会に行ったきりかも。しかも、見たの、自然の蛍じゃなくて人為的に放したやつだったんです」

そんなやりとりがあって、琵琶湖の北東、米原《まいばら》市へと連れていってもらった。

蛍の生息地は、田園地帯にある天野川《あまのがわ》だった。

民家の明かりがぽつんぽつんとしか存在しない真っ暗な川に、黄緑色の小さな小さな光がたくさん舞っていた。タイミングを合わせて、点滅している。

その幻想的な風景も素敵だったけれど、日が暮れる前に見た醒井宿《さめがいしゅく》の風景が印象的だった。

ここはかつて宿場町だった場所で、JRの駅から歩いてすぐのところに昔の町並みが残っている。

街のあちらこちらに湧き水があって、特に地蔵川は圧巻だった。ある地点からこんこんと水が湧きだして、そこから突然川が発生する。宿場町もこの川に沿って作られたのだ。

水は驚くほど澄んでいた。ちょうど梅花藻《ばいかも》の時期で、白い可憐《かれん》な花が川面《かわも》から顔を出している。水辺へ降りるだけで空気がひんやりとして、水が冷たいのがわかる。

道路から民家へ小さな橋がいくつもかけられていて、水辺にお花を飾ったり、水車が設置されていたりした。いつまでも見ていたいような美しい水辺の街だった。

こういうものをお菓子で表現できないかと、いつも考える。

焼き菓子とクリームが大好きだから迷いなく洋菓子を専門にしたけれど、季節感の表現で言ったら、和菓子には叶わない。

寒天や葛切りのように、ゼリーと似た素材は和菓子にもある。でも、そういう透明な素材を使わなくても、和菓子職人は練り切りで夏を表現してしまうし、表現のバリエーションも豊富だ。

あの涼やかな練り切りのような表現を、焼き菓子でもできないだろうか？

ロシアケーキのジャムの部分とか、レモンクッキーを二度焼きしたときのアイシングの半透明になった質感は涼しげだし……

帰り道に立ち寄った蕎麦《そば》屋で、思いついたことをぺらぺらしゃべっていると、川端さんが言った。

「小花さん、本当にずっと仕事のこと考えてるんですねえ」

カウンター席の隣で頰杖《ほおづえ》をつき、彼は私の顔を見た。

例の女殺しの目だったので、私はとっさにおしぼりを広げて視線を遮る。

「ごめんなさい、自分だけが楽しい話をして……」

「いや、僕も楽しいですけど。僕の祖父も、小花さんと同じでしたよ。いつも店で出す料理のことを考えてた」

川端さんの手がおしぼりを取り上げ、カウンターの上に置く。

「よく釣りに連れていってくれたんですけど、釣りが好きというより、外で考えごとをするのが好きだったのかもしれない。魚を釣りに行ったのに、メモ帳に肉料理とかデザートのアイディアを書いてるんです」

「たぶん、いっぱい刺激を受けて連想が働くんですよ。私もこうやって遠くに連れてきてもらうと、いつもよりいろんなことを考えます」

「元気なうちに、いろんなところに連れていってあげればよかった」

「おじいさんと仲良しだったんですね」

「そうですね。無口な人でしたけど、釣りとか料理とか将棋とか、いろんなことを教えてくれました。母はめちゃくちゃな人だし、父もいなくなったし、僕の中では祖父がいちばんまっとうな大人だったんです」

ビワマスのお刺身と蕎麦が運ばれてきたので、そこで話は途切れた。

シャツの袖を折ってから、川端さんが箸を取る。

きれいな顔に似合わず、彼の手や腕には火傷《やけど》の痕がいくつも残っていた。

同じように箸を取りながら、私も半袖から伸びた自分の腕を見る。

恥ずかしげもなくさらしているけれど、私の手や腕にも、火傷の痕がある。気をつけていても、天板を出すときにオーブンに触れたり、はねた油を受けたりしてしまうのだ。

すぐに冷やせばいいのに、どうしてもお菓子のほうを優先してしまい、痕が残ってしまう。

亡くなる一か月前まで厨房に立っていたという、川端さんのおじいさん。彼の腕にもたくさんの火傷の痕があったことだろう。料理人の宿命のようなものだ。


珍しく、ホテルのお客さんが「キッチン　今日だけ」の利用者になった。

梅雨入りして、雨が降りそうで降らない、ぐずぐずした天気が続いていた。

八幡堀の風景は、やはり晴れの日が美しい。だから、雨の日や曇りの日の観光客は少ない。

でも、こういう湿気の多いぐずついた日は、蛍が出現しやすいのだそうだ。

蛍を見に行くついでに彦根《ひこね》や近江八幡に立ち寄り、ホテル・ヴォーリズに宿を取ったという人たちも何人かいた。

「あの、お忙しいところごめんなさい」

六月初旬のある朝、早々にチェックアウトしたお客さんの客室を片付けていると、廊下に出たタイミングで声をかけられた。

私とあまり歳は変わらないんじゃないかと思われる、きれいな女の人だった。シックなワンピースを身につけている。

「これについてお聞きしてもいいですか？」

紙を見せながら言う。

彼女が手にしていたのは、客室に置いてある案内書だった。

「キッチン　今日だけ」の一週間の出店予定を書いたもので、ハードタイプのクリアファイルに入れてある。裏には、出店者募集のコーナーもつけてあった。

「フロントにお尋ねいただくのが一番ですけれど、私にわかることでしたらお答えします」

私がそう答えると、彼女は携帯端末を見せた。

「キッチン　今日だけ」の空き時間を示したページだ。

「たとえば、この日、十六時から空いてますよね。これは十六時から店が開ける、ってことじゃなくて、十五時まで別の方が利用されているので、十六時から準備が始められる、ってことですか？」

「はい。十五時まで別の方が利用されていますので、引き渡しと清掃のチェックのために一時間、間を開けています。基本的には、キッチンや客席に入っていただけるのが十六時からということになります」

「皆さん、お店のオープン前に何時間ぐらい取ってるんですか」

「何を作るかにもよりますね……。たとえば、朝、喫茶店をやっていらっしゃる方は、コーヒーと仕入れたパン、お菓子だけ出しているので、開店の三十分前に来て、準備をされています。何度もうちを利用していて、慣れていらっしゃるということもありますけれど」

前日に仕込みに来て、できるだけ作業を進めておき、当日にしかできないことを短時間でやるという方法もあると私は話した。前に使用する人との兼ね合いもあるけれど、冷蔵庫が大きめなので、料金を払えば仕込んだものをそこに置いておくこともできる。

「初めてご利用になる方には、前日までに少なくとも一回はリハーサルすることをおすすめします。オーブンなんかは特にメーカーによって癖がありますから。試作して癖をつかんでおくとよいですよ」

彼女はうなずいていた。

きれいにお化粧した顔。一重の目に塗った赤いアイカラーと長い睫《まつげ》が色っぽくて、まっすぐに見つめられるとなんだかドキドキしてしまう。

女性が振り返る。

「前日までにここで準備とリハーサルすれば、当日は短い時間でも大丈夫みたい」

客室から出てきた男の人に向かって、彼女は言った。

ぴったりとした服を着た、垢抜けた印象の男性だ。手入れされたあごひげが似合っている。チェックアウトするところなのか、ボストンバッグを持っていた。

「今日、見学はできますか」

男の人が尋ねる。

私は腕時計を見た。

「喫茶店が十時で終わります。片付け中でよければ、見ていただけるかも。フロントでご確認いただけますか」

「はい、ありがとうございました」

感じのいい二人だった

手をつないだり、くっついたりしているわけでもないのに、カップルだとわかる。並んで歩くその距離感が、親密さを感じさせる。

他の客室を片付け、使用済みの食器を運んで階段を下りて行くと、さっきのカップルが川端さんと一緒にレストランスペースに入っていくのが見えた。

「まず、利益は出ません。赤字です。それはお心に留めておいてください」

雨が降っていたので、いつものテラス席は使えない。代わりに窓際の客席で二人と向かい合い、川端さんが話している。

「最初は、店の存在すらほとんど知られていませんし、おいしいかどうかもわかりません。長く続けて、評判になって、ようやく利益が出てきます。だから、ここを利用される方は、利益を出すためでなく、ご自分の店を開くときのシミュレーションをしたり、お客さんの反応を見て試金石にしたり、そういう使い方をされています」

私は川端さんに代わって、厨房の引き渡し手続きをしていた。

私が最初に見学に来たときも、川端さんは同じことを言った。私にはすでに数回の出店経験があったし、それを伝えていた。だから、一応の念押しという感じだったけれど、「もうけは出ないよ」と言われていた。

カップルは一日だけ、スペインバルをやりたいのだという。

「バルって何?」

書類にサインをした進藤さんが、小声で訊く。

「えーっと、確か、綴《つづ》りがバーと同じなんですよ。Ｂａｒ。私も詳しくないけど、居酒屋とカフェの中間みたいな……ごはんも出てくるバーみたいなイメージです」

京都で修業しているとき、同僚に連れていってもらったことがある。私はあまりお酒が飲めないので、ひたすらむしゃむしゃごはんを食べていた。

カップルはお店をやるのが本当に初めてらしかった。川端さんが手取り足取りレクチャーをして、当日もスタッフとして入ることになった。

「結構なお値段になりますが、大丈夫ですか？」

「はい。記念なので」

川端さんに問われ、女性の方がにっこりと笑って言う。

「お住まいから距離があるので、通われるのも大変ですよ」

「そうですね。でも、この建物がとても気に入りましたし……。ちょっと大変でも、妥協したくないんです」

女の人の口調に迷いはない。

男性の方が、少し悲しげな顔をした。

「承知しました。お客様の夢のお店の実現のため、精一杯サポートいたします」

改めて川端さんが言い、書類を差し出す。

「川端さん、めちゃかっこよくないっすか？　びっくりした〜！」

女性の方が書類を書いている間、男性が屈託なく川端さんに話しかけている。素直に感嘆する口調だ。

川端さんはいつも通り、目元に笑みをたたえて涼やかに答えた。

「よく言われます」

「あはは。俺も言ってみたい！」

女性が顔を上げると、男性はすぐに反応して紙をのぞきこみ、何か言っている。お互いしか見えないような情熱的な雰囲気はない。でも、いつも相手が視界に入っていて、気を配っている。

ホテルを去っていくそのときまで、二人の間には、常に柔らかく優しいムードが漂っていた。

男の人が一瞬見せた、悲しげな顔は気になったけれど。

男性は中西《なかにし》さん、女性は御法《みのり》さんといった。

名字がちがうところを見ると、夫婦ではなく恋人同士なのだろう。

調理は主に中西さんが担当するらしい。彼は川端さんに言われてすぐに、自治体が開いている講習に出て、食品衛生責任者の資格を取った。

メニュー決めから仕入れ、当日の流れの打ち合わせなど、彼と川端さんが二人でどんどん話を進めた。

「品数はあまり多くない方がいいと思いますよ。初めてですし、僕が補助に入るにしても、調理のメインは中西さんが担当されるわけですから」

中西さんの持ってきたメニュー案を見て、川端さんが言う。

「このあたりは共通してバゲットを使いますから、全部入れましょう。アヒージョとピントスも、ある程度は事前に準備しておける。当日一番手間がかかるのはトルティージャです」

料理名しか書いてないのに、川端さんは作る工程が全部わかっているのだ。

オーブンやコンロに慣れるため、最初に試作することになった。

野菜の下ごしらえは全部川端さんがやった。

じゃがいもの皮を剝くのも、スライスするのも、すごく速い。最初に全部調理器具を揃えておいて、作業に取り掛かる。片付けまでのシミュレーションができているのだ。

卵を割っていた中西さんは、目を丸くしていた。

「え、ひょっとしてプロ？」

彼も料理はよくするし、友だちを招いたホームパーティーで料理を振る舞うことはあるのだそうだ。でも、もう明らかに自分とはちがうとわかったのだろう。

「祖父と父がプロの料理人だったんですよ」

川端さんはそれだけ言った。

中西さんは納得したようだったけれど、質問の答えになっていなかった。

中西さんは、昼でも夜でも頻繁に来る。矢吹さんとも顔を合わせ、彼の実家からトマトを安く売ってもらうために、一緒に収穫に行ったりしていた。

「小花さん、今日の夕方、空いていますか」

中西さんが「キッチン　今日だけ」に通いはじめて一週間経った金曜日。

昼間、川端さんに訊かれた。

「今日、中西さんが来るんです。料理の流れをこれで決定するので、小花さんも食べて、感想をくれませんか。矢吹さんにも頼んであります」

これまでにも、しばしば味見係として呼ばれていた。

でも、「もう少し塩を利かせて……」なんて役立ちそうなアドバイスは何もできない。おいしく食べて感想を言うだけ。

川端さんが珍しい調味料を使って料理をするので、何が使われているのか多少は気にするようになった。けれど、基本的に私は、お菓子以外の料理については詳しくないのだ。

「前にも言いましたけど、私、そんなに料理のことわかりませんよ」

「普通のお客さんの感想がほしいんですよ」

「それなら喜んで」

トルティージャは、スペイン風オムレツ。

丸く焼いたものをホールケーキのように放射状にカットしてある。中には、スライスしたじゃがいもと玉ねぎ。

薄く切ったじゃがいもが、ミルフィーユのように層を作っている。なじみ深いほくほくした食感とはちょっとちがって、おもしろい。

海老《えび》のアヒージョは、プリプリした海老の歯ごたえと、唐辛子を利かせたオリーブオイルが美味。オリーブオイルに浸したバゲットには、じんわりと旨味《うまみ》が染み込みんでいる。

「卵、思ったより固くなっちゃったな～。半熟にしたかったんだけど」

一緒に試食していた中西さんが言うと、川端さんが答える。

「裏返した後、まだ早いかなと思うくらいでフライパンから出した方がいいですよ。余熱は思っている以上に入るので」

「俺はしっかり火が通ってるほうが好きだけどね」

矢吹さんの感想に、私も続ける。

「私は半熟派ですけど、これはこれでおいしいと思います！　玉ねぎが甘くて、じゃがいもがしゃきしゃきしてて！」

実は私は、川端さんが作った半熟のトルティージャをすでに食べていた。

彼は非常に真面目な人だ。スタッフとして補助に入るときは、利用者の出すメニューを必ず川端家の食事として自分でも作る。

利用者が困っていたり、求めたりしないかぎり、味付けや調理について口を出すことはない。それでも、ちゃんと事前にシミュレーションして流れを理解しておく。

「オーブンやコンロの火加減には慣れてきましたね」

川端さんの言葉に中西さんがうなずく。

「そうですね。ここと家のとじゃ勝手がちがうんですけど、ここのとこ、毎日家で練習してます。毎食トルティージャ」

「すごい」

熱心さに驚いて私が言うと、中西さんはあっけらかんと言った。

「実は今、半分無職なんですよね。時間はありあまってるんです」

つい先日まで、京都で会社員をしていて、今は引き継ぎのために職場に顔を出したり引っ越しの準備をしたりしているのだという。

「青森にいる父親が倒れちゃって。うち、蕎麦屋なんですけど、結構な老舗で。俺、一人っ子なんです。後は継がなくていいって言われてたし、そのつもりもなかったんですけど、いざ店を閉めると言われたら……なんか、そのまま放置もできないなって気になっちゃって」

軽い口調で話しはじめたものの、中西さんの声はだんだん沈んでいく。

雪に降り込められているだけの何もない街、「百年続く店」としてテレビで取り上げられ、脚光を浴びるようになっただけの古い店。

振り捨ててきたものが失われるかもしれないと思ったら、急に居ても立ってもいられないような気分になった。子どものころに見ていた、厨房に立つ父の背中や、店の中に立ちこめる湯気、優しく温かい雰囲気が鮮やかによみがえってくる。

「あ、親父は別に死んでませんよ。ただ杖《つえ》なしでは歩けなくなっちゃったんで、店はできないんです。母親一人で世話するのも大変だろうし……。京都の大学に来てそのまま京都で生きてくんだろうなって思ってたんだけど、なんか、やっぱり帰らなきゃって……いや、誰も帰ってきてなんて言ってないんですよ。でも、」

「わかるよ」

口ごもった中西さんに向かい、矢吹さんは言った。

「うちも、義父が亡くなってレストランを閉めることになったから」

川端さんは黙って、矢吹さんの顔を見ていた。

「辞めていいって言われてたし、自分に料理の才能ないってわかってても、やっぱり揺れたよ。本当にそれでいいのかって。義父が積み上げてきたものが、あっけなく消えちゃう気がしてね」

矢吹さんの言葉に、中西さんはうなずく。

「そうなんです。本当に、それ。父も母も望んでない。でも、俺自身が放っておけないんです。蕎麦打ちなんか、やったことないのに。店はともかく、今、両親のもとに帰らなかったら絶対後悔するだろうって思って」

その気持ちは、私にもわかる気がした。

兄夫婦が同居しているとはいえ、もし両親に異変があったら、私は知らんぷりできないだろう。人から悪く思われるからということではなく、自分の気持ちの上で何もしないで日常を送ることはできない。

「彼女と結婚するつもりだったんですけどね」

大きく肩で息をしてから、中西さんは言った。

「でも、彼女、ずっと京都に憧れてて、そこに住みたくて頑張って勉強して関東から京都の大学に来たんです。仕事も、彼女が京都でずっとやりたいと思ってた仕事で」

だから、青森についてきてほしいなんて言うことはできない。

それに、たとえ彼女がついてきてくれると言っても、彼女の夢を奪ってまでそうしたくはない。

中西さんは、素直にその思いを伝えたのだという。

御法さんはやはり動揺して、「考えさせてほしい」と言ったが、三日後、「やっぱり行けない、ごめんね」と言った。

青森へ帰るまでは、一緒にできるだけたくさんいろんなところへ行って思い出を作ろう。

そう言って守山《もりやま》に蛍を見に行き、近江八幡にやってきた。ホテル・ヴォーリズに泊ってシェアキッチンの広告を見たとき、これをやろうと言い出したのは御法さんだった。

二人でスペインを旅行したとき、バルの雰囲気と料理がとてもよかったから。もともと料理好きの中西さんは、友だちを招いてバルの料理を再現していた。結婚して子どもが大きくなり、今の仕事を十分やりきったら、いつか店をやろうと二人で話していた。

それを今やろうと、御法さんは言った。

二人の将来にあったかもしれない店を、たった一日だけ現実にしようと、彼女は言ったのだ。

記念だから妥協したくないと言った御法さんの言葉には、そういう背景があったのだった。


数日前から、離れのダイニングキッチンはよい匂いでいっぱいだった。

棚の上にもテーブルの上にも、平たいざるに広げた梅の実が置かれている。

川端さんがやっているのかと思ったら、違った。頼子さんだった。

「夫が毎年、梅酒を漬けてたんだよ。私は昔から家事が嫌いだけど、これだけは一緒にやってたから」

頼子さんはそう言って、梅の実にカビが生えていないかをチェックしていた。

一部の梅は、すでに氷砂糖と一緒に大きなガラス瓶に閉じ込められている。

きれいな緑色の青梅と、水晶みたいな氷砂糖が透明な焼酎に浸《つ》かっている。その様子が、涼やかで美しい。

残りの梅は、追熟させてから梅酒や梅干しにするのだそうだ。

「梅って、こんなにいい匂いなんですね。おいしそう」

しつこく匂いをかいでいる私に、頼子さんは言った。

「黄色くなったら食べてみてもいいけど、今はまだダメだよ。毒があるから」

青いまま食べると、体内で化学反応が起こって青酸が発生するのだという。

一つ食べたくらいでは死なないが、体にいいわけではない。

「こんなにきれいな色なのに」

「梅にしたら、未熟なうちに食べられたら子孫も残せないし、食べられ損だからね」

それでも青梅には、熟した梅にはない香りの良さや味わいがある。加工すれば毒性は消えるから、塩や砂糖、アルコールに漬けて寝かせておくのだそうだ。

頼子さんは一つ一つ梅をチェックして、一部を別のざるに移していた。熟したものと、そうでないものを分けているのだろう。

自分でも言っていたように、頼子さんは家事が好きじゃないのだと思う。掃除は仕事だからきっちりやるけれど、料理はそこまで熱心ではなく、最小限の手間で済ませているという感じだ。

その彼女が、あんなに丁寧に梅を扱っているのは、やっぱり亡くなった旦那さんとの思い出のためなのだろう。

子どものころは、当たり前のように「お父さん」と「お母さん」は愛しあい、おたがいを大切にしているものなのだと思っていた。世の中の夫婦がみんなそうなのだと疑いもしなかった。

小学校高学年になるころには、そうじゃない夫婦もいるとわかってきたし、年齢を重ねるうちに関係を良好に保ちつづけることの難しさも理解した。

今では、「愛し愛される夫婦」は奇跡に近い存在なんじゃないかと思う。

そもそも自分が男性を好きになることも稀《まれ》だし、熱烈な恋愛をして結婚した友だちはすぐ離婚したし、愛し愛されていても結ばれない二人もいる……

中西さんと御法さんのことを思い出し、切なさに胸を痛めていると、廊下で矢吹さんに会った。

「今日の御法さんの件、よろしくね」
矢吹さんが念押しする。
オープンの前々日にあたる今日の午後、御法さんが一人でやってくることになってい
た。彼女は有給を取っていて、先に自分の担当の前菜の準備とバゲットのカット、接客
をシミュレーションして、後からやってくる中西さんと最終リハーサルをすることにな
っている。
「最初だけ櫂くんが話をするから、あとは美月さん一人で」
「川端さん、お忙しいんですか」
「いや?」
パートナーのいる女性と櫂くんを二人きりにしてはいけない。なぜなら女の人が櫂く
んのことを好きになって、トラブルになるから。
矢吹さんは真顔でそう言った。
私はあきれてしまった。
「御法さん、結婚も考えてた中西さんとお別れしなきゃいけないんですよ！　それどこ
ろじゃないでしょう」
クリーニングから戻ってきたリネンをリネン室の棚に戻し、私は言う。
リネン室までついてきた矢吹さんが言いつのる。

「傷心の時期だから、余計に心配なんだよ〜！」

「川端さん、お客さんを誘惑したりしませんよ」

「燿くんにそのつもりがなくても、相手が好きになっちゃうの！」

「そうかなあ……」

確かに川端さんは女殺しの目を持っているけど、のべつまくなしにそれを発揮しているわけじゃない。

ホテルのお客さんも、シェアキッチンの利用者も、みんな普通に「親切で感じのいいスタッフ」だと認識していると思う。「すごいハンサムだった、いいもの見た！」くらいの感想は持っているかもしれないけれど。

「好きになっちゃうでしょ！　かっこいいし優しいから！」

「……矢吹さん、乙女おじさんすぎませんか」

「乙女おじさん⁉」

「お店の人が優しいのって仕事だからですよ」

「⁉」

「ときめくかもしれないけど、それで本当に恋したりしないでしょう」

「冷静すぎる‼」

驚愕《きょうがく》の表情で、矢吹さんは私をまじまじと見た。

「美月さん、君、ほんと……いや、そうじゃなきゃ櫂くんもバイトに誘わなかったと思うけど……。世の中の多くの人は、そんなに割り切ってないの！　合田さんだって、『お客さん』の領分をはみ出して君を脅《おびや》かしたじゃない」

「……」

「望まない相手に言い寄られる恐怖って、そりゃあ女性のほうが強く感じるだろうけど。男だから平気なわけじゃないんだよ。お客さん相手だと邪険にできないし」

どうやら矢吹さんが心配しているのは、女性客ではなく義理の息子のほうらしい。

私は反省した。

見抜かれている。私は川端さんが自覚あるモテ美男なので、彼が困るとは思っていなかったのだった。

何となく、男の人にとっては、お客さんに好かれることも勲章の一つにすぎないんじゃないかと思っていた。でも、言われてみれば確かに、事を荒立てないためには気を遣うし、大きなストレスになるだろう。

「ごめんなさい、考えが足りませんでした」

私は素直に謝罪した。

「わかればよろしい。彼はかっこいいうえに可愛いからさ～、ほら、これ見て。真喜ちゃんから内緒でもらった」

矢吹さんが携帯端末を見せる。

若い女性が幼児をだっこしている写真だった。

つややかなボブヘアと、目鼻立ちのくっきりとした華やかな美人。矢吹さんの奥さんであり、川端さんのお母さんでもある真喜子《まきこ》さんだ。会ったことはないけれど、離れの廊下に写真が飾ってあるので、私も知っている。

腕に抱かれて、ぞうさんのぬいぐるみをくわえている幼児は、川端さんに違いなかった。むちむちした腕と、まん丸な目、幼児特有の頬のフォルム。

「可愛い!!」

私は思わず声を上げたけれど、同時に叫んだ矢吹さんの声のほうが大きかった。

「もうキュンでしょ、キュンだよ～!!」

端末を胸にしてもだえている。

やっぱり乙女おじさんだった。


御法さんは、接客業でもなく、飲食店でのバイト経験もない。それにもかかわらず、給仕の勘どころをしっかり押さえていた。

「お店をやることになったので、カフェとかレストランに行ったとき、お店の人の接客を観察するようにしてたんです」

彼女はそう言った。

料理はあまりしないそうだけれど、川端さんのアドバイスを受けると、バゲットの切り方も見違えるように良くなった。

客席に座った私の手もとへ、スムーズに水やカトラリーを並べる。ここに来られなかった分、家でトレイに水やワインをのせて運ぶ練習をしていたのだそうだ。

すごく真面目で優秀な人なのだ。

「彼と結婚するつもりだったんです」

給仕の練習の後の休憩時間、彼女はそう言った。

私と二人きりのレストランスペースで、中西さんと同じように経緯を語った。

こういう場合、双方の言い分が食い違っていることが多いけれど、彼らの場合、そういうことはなかった。きちんと話し合い、認識を共有している。

それができる時点で、本当に信頼関係で結ばれたパートナーなのだ。

「みんなに言われました。結婚して青森に行けって。友だちにも、親にも、同僚にも」

当日使用するカトラリーを磨きつつ、彼女は言った。

女なんだから。いずれ結婚して子どもを産んだら、仕事をセーブしなきゃいけないんだから。彼より仕事を選ぶなんて、間違っている。

率直にそう言う人もいたし、口にしなくてもそう思っているのだろうとわかる人もいた。

さすがにもう、世の中は共働きが当たり前になっている。でも、子どもができた後、仕事をセーブしたり、子どものために仕事を休んだりするのは女のほうだと、大部分の人は思っている。

結局そうなるのだから、京都を離れて青森に行くべきだと、皆が言う。

「でも、私はずっと京都に住みたくて、ここでずっと働いていたいと思った。彼のことだって大事だけど、もし今一緒に青森に行ったら、後悔すると思ったんです。これから彼と喧嘩するたびに、『私は諦めたのに』ってずっと恨みの気持ちを持ち続けてしまう」

御法さんは、私を見た。

意見を求められているのだな、と確信してから、私は答えた。

「あの……私、たぶん恋愛の偏差値23くらいなので、まったく一般的じゃないと思うんですけど……私もそうすると思います、昔からの夢だったのなら、なおさら」

言葉を選びつつ、私は続けた。

「どっちのほうが大事なのかって、人それぞれですし……正しいか、正しくないかじゃなくて、自分がそうしたいかどうかでしか、決められないと思います。実際に仕事を諦めたり、好きな人と別れたりするのは、御法さんですし」

仕事を辞めて彼と一緒に青森に行くことが、間違っているわけではない。正しいとか、間違っているとか、そういうことではない。

自分にとってベストな選択だったかどうかは、後からしかわからないのだ。わからないのに、選ぶしかないのだ。

「そういうとき、私は最初に思ったことが、自分の本音だと思ってます。嫌だとか素敵だとか、最初に思ったこと」

「仕事辞めるの嫌だって、真っ先に思った」

御法さんはぽつりと言った。

青森に行ったら、この仕事はできない。

結婚したいぐらい、彼のことは好きだったのだ。彼に親を見捨ててほしくもない。自分の仕事も辞めたくない。憧れていた場所で住み続けたい。

そうしたら、やはりお別れするしかない。

御法さんは背筋を伸ばしたまま、大きなため息をついた。目が潤んでいた。

「ありがとう。みんなついていけと言うから、わかってくれて嬉しかった」

そう言ってから、ふっと口元をほころばせる。

「偏差値23って」

私も笑った。

「低いんですよ。御法さんは？」

「58かな～。男の人を見る目はあるの」

「60いかないんだ」

「見る目があっても結局こうなっちゃったし。トップ層には食い込めないのよね」

おどけたように言いつつ、声音に切なさがにじむ。

「ほら～！」と、私は胸の内で矢吹さんに向かって抗議する。

彼女の心には中西さんだけがいる。いくらかっこよくて親切であっても、ぽっと出のお店のスタッフに心奪われたりしないのだ。

「金曜日、最高の一日にしたいですね」

私は励ますように言った。

御法さんも微笑み返す。

二人の間にあったかもしれない未来。それをたった一日、実現しようとしている。まさに一日だけの夢の店だ。

そうして六月下旬の金曜日、たった一日だけの「スペインバルＭＡ」がオープンした。ＭとＡというのは、二人のイニシャルなのだそうだ。

営業時間は十七時から二十一時。お別れ会を兼ねていて、最後の一時間は友人たちの貸し切り。長居できない友人たちはその前の時間に来ることになっていた。

この友人たちだけの時間について、当初、川端さんは難色を示していた。

ふだん礼儀正しい人でも、友人同士の集まりでお酒が入るとバカ騒ぎする人がいる。そうなると、宿泊のお客さんの迷惑になるからだ。

うるさい客がいたら、容赦なくうちの支配人が放り出す。そういう約束で了承した。

夜になると、レストランスペースの雰囲気は変わる。

明るい日差しがいっぱいに差し込んでいた室内は、オレンジがかった柔らかな明かりに照らされる。窓に明かりが映って、窓の外にもう一間、レストランが続いているように見える。外の闇とのコントラストもあいまって、しっとりとしたムードに包まれている。

きっと、ここがオーベルジュだったころは、このムードと内装にふさわしい料理が運ばれていたのだろう。

宿泊のお客さんのほか、近所の人たちも顔を出した。普段、近くにある店でお酒が出るのはスナックくらいだから、ちょっとしたお祭り気分なのだろう。矢吹さんは、知り合いらしいおじさんたちとやってきて、一緒に飲み食いしていた。

中西さんと御法さんの知り合いらしい人たちも、早い時間から来ていた。

夕食をとるというよりは、軽食がてらお酒を飲むというスタイルなので、回転率が早い。結構忙しい。途中から私も補助に入った。

給仕は御法さんの担当なので、主にテーブルから食器を下げたり、テーブルを拭いたりするのが私の仕事だ。

「しばらく僕が代わります。挨拶していらしたらどうですか」

慌ただしい厨房で、川端さんが中西さんにそう声をかける。

忙しすぎて厨房から一歩も動けない中西さんは、レジにいた友人らしき人々に呼ばれ、片手をあげて合図することしかできなかったのだ。

ピンチヒッターだったにもかかわらず、川端さんは厨房で余裕だった。

アヒージョを火にかけ、トルティージャを焼き、前菜を盛りつける。一人で切り回しているのに、冷静だった。複数の料理を同時に進行することに慣れているのだ。

「何で行っちゃうんだよ」

レストランの外へ見送りに出た中西さんは、友人たちの冗談めかした泣き真似《まね》に、少し泣いていた。

肩を叩き抱き合い、みんな手を振って去っていく。仲の良い人たちなのだろう。

「目、赤いよ」

一緒に戻ってきた御法さんがそう言って、中西さんの背中に手を添え、厨房に送り出す。

四時間は瞬く間にすぎた。

最後に残っていた友人グループを送りだしたのは、あと数分で二十一時になるという時刻だった。

「終わった～！」

御法さんがはしゃいだ声を上げ、私に向かって両手を挙げた。

オーダーストップになった最後の一時間を除き、私たち二人は給仕と片付けのためにホールをくるくる歩き回るばかりだったのだ。

「無事に終わってよかったですね！」

興奮状態で、私もハイタッチを交わす。

「お疲れ様でした。初回からこんなに盛況なのは珍しいんですよ」

川端さんの言葉に、中西さんが笑顔を作る。

「いや、こんなに忙しくなるとは。半分は俺たちのサクラですけど……あの支配人さんも、お客さん連れてきてくれて」

「あれは普通に自分が飲みたかっただけですね……」

苦笑いしてから、川端さんが言う。

「では、あと一時間で片付けです。頑張りましょう」

最後の一時間、中西さんと御法さんが友人たちと話している間に、厨房のほうはあらかた川端さんと私の二人で片付けていた。「スタッフのアシスト」をオプションでつけていたためだ。

人が頻繁に出入りしていたので、今回はホールの片付けだけでも大変だった。食器を片付け、テーブルクロスを取り外し、テーブルと椅子を移動させて落ちた食べ物を取り除き、フロアを拭く。

御法さんは、「あれが大変だった」「これが楽しかった」と話しながらも、てきぱきと作業を進めていく。

始終笑顔だった彼女が泣きだしたのは、撤収作業が終わった後だった。

「キッチンとホールの清掃はＯＫです。冷蔵庫に忘れ物もなし。クロス類はこちらでクリーニングに出します。ゴミはお持ち帰りいただきますね」

川端さんがチェック項目を一つ一つ読み上げている最中だった。

御法さんが無表情になったかと思ったら、その顔がゆがみ、目からぼろぼろっと涙がこぼれだしたのだった。

「ごめんなさい」

私と川端さんに向かって言いながら、慌てたように目元を拭うけれど、涙は次々にこぼれる。

中西さんがその肩に触れようとしたら、彼女は言った。

「一緒に行けなくてごめんなさい」

今度の謝罪は、中西さんにだけ向けられていた。

二人の未来にあったかもしれない夢の店。それが、今終わったのだ。明日、中西さんは青森へ発《た》つ。

「明菜《あきな》」

中西さんが彼女を抱いた。

「こっちこそごめん」

おいおいと声を上げて、二人は泣いている。

私も思わずもらい泣きしそうになってしまった。

隣にいた川端さんを見上げる。

彼は書類を挟んだクリップボードを手にして、困っていた。あとは、御法さんにサインをしてもらい、控えを渡したら終わりだったのだ。

　私は川端さんの腕を指でつつき、小声で言う。

「二人きりにしてあげたほうがよくないですか」

「いや、先に手続きを済ませて、部屋で存分に話をしてもらったほうがよいのでは」

　声をひそめて話していたときだった。

「いやー、お疲れ様！　お客さん、たくさん来てよかったね－！」

　場違いに陽気な声とともに矢吹さんがやってきた。

　なぜかガラスのボトルを手にしている。

　ボトルを掲げ、壁にかかった時計を指さす。

「ほらほら、あと十五分あるから、初出店成功のお祝いしようよ！　これ、すんごいおいしい梅酒。はい、そこ座って！」

　抱きあって泣いていた二人の涙は、空気を読まない闖入者《ちんにゅうしゃ》のせいで止まったらしい。

　戸惑ったように矢吹さんを見て、おずおずと体を離す。

「櫂くん、小花さん、グラス出して～」

　言われて川端さんはすぐに動いた。

「これね、うちの亡くなったお義父さん――俺にとっては義理のお父さんね、彼が十年以上前に作って残してくれた梅酒」

矢吹さんがグラスに梅酒を注いでいく。

お酒の飲めない私のグラスには、ほんの五ミリほど。川端さんが炭酸水を注いで割ってくれる。

琥珀《こはく》色の美しいお酒だった。

矢吹さんに「はい、どうぞどうぞ」と促され、戸惑いながらも中西さんと御法さんはグラスを手にした。

「おいしい……」

「なんですか、これ。すごい良い匂い」

二人は目をみはっていた。

「いいよね〜、これ。お義父さんは、十年以上前に青梅を漬けたわけよ。青梅は、完熟梅に比べて、香りがフレッシュで爽やかなんだよね〜。毒性があるから、生では食べられないんだけど、熟すと毒はなくなる。熟す前の青梅でも、塩やお酒に漬けておいたら食べられる。十年経ったら、こんなおいしいお酒になる」

グラスを掲げ、とうとう梅酒の素晴らしさを語っていた矢吹さんは、続けた。

「つまり、別れなくてもよくない⁇」

川端さんが即座につぶやく。

「論理の飛躍」

お客さんは遠慮してしまうだろうと思い、代わりに私が言った。

「何が『つまり』なのか、さっぱりわかりませんけど」

うんうんとうなずいた後、矢吹さんは腕を組む。

「一緒に旅行すると、本性が見えるって言うじゃない。疲れたりトラブルが起こったりすると素が出る、って。忙しいときもそうだよ。イライラしたりキリキリしたりするよ。でも今日、そんなことなかったでしょ。初めての出店で、お客さんも結構来てドタバタしてたのに、最後まで二人は仲良くやってたじゃない。五年も付き合って、互いに気心も知れてて、甘えも出るだろうに。得がたいパートナーだよ。別れなくたってよくない？」

中西さんが戸惑ったように答える。

「あの、最初に言いましたけど、俺、青森に帰らなきゃいけないんです。彼女は京都に残る……」

「うん、うん。聞きました。結婚して別々の場所に住むのはダメなの？」

「……」

御法さんはあきれていた。

何を言ってるんだろう、このおじさんは。そういう顔だ。

仕方なく、私が代わりに言う。

「経験ないからわかりませんけど……遠距離恋愛って、戻ってくることが決まってるからやれるんじゃないですか」

期限が決まっているから、離れている淋しさに耐えられるのではないだろうか。

私の言葉に、矢吹さんが大きくため息をついた。

「これだから偏差値23の娘は困る」

「⁉」

「何ですか偏差値23って」

いぶかしげな顔を向けてくる川端さんに、私は「雑談です」と苦い顔を返す。

地獄耳の矢吹さんには、フロントにいても会話が聞こえていたのだ。

「恋愛と結婚はちがいます。恋愛は気持ちが冷めたら終わりだけど、結婚はそういう気持ちを超えた家庭と人生の共同経営でしょ。そもそも君たち、なんで結婚したいと思ったの」

「え、ずっと一緒にいたいから……？」

矢吹さんからの問いかけに、うろたえつつも中西さんが答える。御法さんが無言でうなずいた。

「ずっと一緒にいたいっていうのは、一緒に暮らしたいってことなの？」

「そうじゃないですかね……」

「どうして？」

「え？」

「家事やってほしいから？」

「いや、料理とか掃除は俺のほうが得意なんで……」

「相手に養ってほしい？」

「自分で稼げます」

むっとして御法さんが答える。

「『毎日一緒にいないと淋しくて死んじゃう！』とか『一緒に暮らせないなら結婚の意味ない！』っていうなら、ここで話は終わりだけど、そうじゃないなら別のやり方もあるよって話。結婚したら一緒に暮らさなきゃいけないっていうのも思い込みだし、そもそも、今の状況って、永遠？　中西さんは、青森のご両親を放っておけなくて、一緒に暮らしたい。御法さんは、京都で暮らして、京都で仕事したい。その前提条件って、死ぬまで変わらないの？」

中西さんと御法さんが、無言で目を瞬《しばた》かせた。

「『今』って、『今』だけなんだよ。青梅には毒性があるから食べられないけど、熟すまで放っておいたら毒はなくなるし、塩や酒に漬けておいても毒は消える。同じように、人も状況もどんどん変わるよ。今ある障害が、ずっと障害であり続けるわけじゃない」

今青森に帰ったからと言って、ずっと青森で暮らさなきゃいけないわけじゃない。蕎麦職人が一人前になるのに必要な年数は、一般的には「包丁三日、のし三か月、木鉢三年」。

三年半の間に、一通りお父さんから蕎麦作りを学ぶことはできるし、一時的に店を閉めて、後々再開することもできる。もし蕎麦職人の才能がなかったとしても、別の人に店を譲ることもできる。学んだことを伝達することだってできる。両親だって、京都に移ってもいいと言い出すかもしれない。

御法さんだって、離れて暮らしてみたら、やっぱり仕事よりも側にいることのほうが大事だと思うかもしれない。京都を拠点にしていても、一時的に別の場所で暮らすこともできる。

「もちろん、外野はいろいろ言うよ。親も言うかもしれない。自営業なのに嫁が手伝わないとは何事だ、とか、子どもはどうするんだ、とか、上手くいくわけない、とか。自分に実害がなくても、普通とちがうことをするのが許せないって人は、意外に多いから。でも、外野のために生きてるわけじゃないでしょ」

外野からの横槍《よこやり》を無視するだけの精神力と、自分が必要だと思ったときに必要な行動を起こせる経済力。

もともと能力の高い二人なのだから、それさえあれば万全の状況が整っていなくても乗り越えていけるのではないか。

矢吹さんはそう言うのだった。

隣に座っていた御法さんの横顔を、私は見る。

彼女は、しきりに瞬きをして、矢吹さんの顔を凝視していた。

中西さんは、何度もグラスを口に運び、川端さんに新しく注いだ炭酸水を手渡されていた。

二人とも、動揺がおさまらないようだった。

二人だけじゃない。私も川端さんも、彼らを取り巻く状況がどうにもならない、動かしようのないものだと思っていた。別れるという決断を、何の疑問も持たずに受け入れていた。

グラスを空にした矢吹さんが立ち上がる。

「俺はねえ、初恋の人が、他の人と結婚しちゃって大ショックだったけど、二十年後にその人と再婚したからね。今ダメなことがずっとダメとは限らないと思ってるの」

中身の減ったボトルを片手に、矢吹さんは手を広げて告げた。

「別れる覚悟決めたのに、ひっくり返すような話をしてごめんね。ごめんねついでに——解散！」

引っかき回すだけ引っかき回して、矢吹さんはうろたえるカップルをレストランから放り出した。


川端さんは珍しく怒っていた。

「無責任すぎる。矢吹さんと母は特殊すぎる事例ですよ」

抗議の響きがあった。いつになく感情的になっている。

驚いてその横顔を見ていると、川端さんが私のほうに顔を向けた。

「母が大阪から帰ってこないもんだから、僕の父親、浮気して追い出されたんです」

「あ、あー……そういう事情だったんですね……頼子さんが『いろいろあって』って言ってたの」

遠距離結婚の破綻を、彼は身をもって体験していたわけだ。

確かに、真喜子さんと矢吹さんの完全別居婚は、特殊な事例のように思える。

矢吹さんは、肩をそびやかした。

「あの二人が『特殊な事例』って可能性もあるでしょ。そもそも、人と人との関係に、関係ない他人が責任取れるわけないじゃない。俺はこういう考え方もあるよ、って言っただけで、どうするか決めるのはあの二人でしょ」

矢吹さんには、抗議を気に留めている様子がない。

川端さんは目をすがめた。

「小花さん、今日は遅くまでありがとうございました。夕食、冷蔵庫にあるのでとってくださいね」

私にそう言った後、矢吹さんに一瞥《いちべつ》をくれてぷいと顔を背け、レストランスペースを出ていった。

矢吹さんが目を丸くして私の顔を見る。

「見た？ 今の拗《す》ね方、可愛くない？」

しかめ面を作って私は答えた。

「可愛かった……。でも、反省したふりくらい、したほうがいいですよ」


翌朝、リネンを入れたバスケットを二階へ運んでいると、階段から下りてくる中西さんと御法さんに会った。

「おはようございます」

「おはようございます」

挨拶を交わす。

階段で立ち止まり、御法さんが面映ゆげに笑う。

「二人で話し合って、ひとまず一年、頑張ってみることにしました。やれるだけのことをやってから決めればいいかなって……」

「わあ、よかった！」

思わず、声を弾ませてしまう。顔もほころんでしまう。

困難の多い道だとわかっていても、素敵な恋人たちにはずっと仲良くしていてほしいのだ。

御法さんは背筋を伸ばし、私に向かって言った。

「私、これからめちゃくちゃ稼ぎます。行きたいときに青森まで行けるように。出世もして、休みの取りやすい会社にする。最終的に、ほしいものは全部手に入れて、偏差値70の女になる」

「かっこいい！」

声を上げた私に、中西さんが苦笑する。

「気ィ強いんすよ、マジで……。ところで、あの支配人の方は？」

「矢吹なら、今日は八幡堀で船頭やってます。クルーズ、楽しいのでおすすめです」

行ってみます、と言った後、二人は頭を下げた。

「お世話になりました」

「いえ、お二人ともどうぞお幸せに」

ひょっとしたら、「親と夢のため」に別れたほうが美しい結末になる可能性だってある。

でも何がベストだったかなんて、後からしかわからない。二人が頑張りたいと思ったのなら、それが現時点でのベストなのだ。

ほんのひととき人生が交差しただけの私にできることは、どうか二人が上手くいきますようにと願うこと。それだけだ。

階段を上りきったところで、下をのぞく。

フロントで、二人が川端さんに何度も頭を下げているのが見えた。

どうもこのところ——中西さんと御法さんが「キッチン　今日だけ」に出入りするようになったあたりから、川端さんの気持ちが不安定になっているように見えた。
気遣いの人だから、もちろんそれをあからさまに表に出したりはしない。いつも通りてきぱきと仕事をして、お客さんには親切で優しく、私の前でも穏やかだ。

でも、引き渡しの終わったレストランスペースのテラス席で考えごとをしていたり、夜に一人で散歩に行ったりすることが増えた。

中西さんと御法さんを送り出した日の午後。

客室の清掃を終えてから、私は離れのキッチンに行った。

作り置きしてあるお茶をもらおうと思ったのだ。

キッチンの棚には、ガラス瓶が並んでいる。青梅と完熟梅をそれぞれ使って作られた梅酒とシロップ。最初に頼子さんが漬けていた瓶は、氷砂糖がすっかり溶けて、青梅が上のほうに浮かんでいる。後から作った完熟梅の瓶は、梅から出るエキスに溶けて、日に日に氷砂糖が崩れていく。

立ったままジャスミンティーを飲んでいると、キッチンのテーブルの端にビスケットののったお皿があるのに気づいた。

動物の形をした市販のビスケットに、アイシングをかけてある。

乾かしているらしかった。

アイシングが、全然むらになっていない。輪郭もきれいだった。

川端さんがやったのだろう。

さすがに二か月近くここにいたら、人柄や趣味嗜好《しこう》もわかってくる。

頼子さんの料理は「お茶漬け（セルフサービス）」か「ごはん&具だくさんの味噌汁《みそしる》」だし、矢吹さんは以前自分で言っていたように「素材で勝負！」で凝ったものは作らない。

卵から卵白だけを取り出して粉糖と一緒に泡立てるなんて作業を、二人がやるとは思えなかった。

「あ、小花さん」

ちょうど本人がやってきた。

休憩に入るところなのか、ジャケットを脱ぎ、ネクタイを外している。

「お疲れ様です」

挨拶を交わし、私はビスケットを指さした。

「これは川端さんが？」

彼は少し恥ずかしそうな顔をした。

「小花さんを見ていたら、一回やってみたくなって」

「上手です。特に縁の処理」

「ありがとうございます。――昼食、食べられますか？　今から作りますけど」

冷蔵庫の扉を開けながら、川端さんが訊いた。

各自、休めるときに昼休憩をとるので、食事は基本、作り置き。できたてを食べられることは滅多にないので、ラッキーだ。

「食べます！　リネンだけ片付けてきますね」

急いで、リネン類をクリーニングに出す準備だけしに行った。

キッチンに戻ってくると、川端さんは黙々とキッチンカウンターに向かっていた。

卵を片手で次々にボウルに割り入れ、三口コンロの上で二つのフライパンに食材を入れたりひっくり返したり。同時進行で使い終えた調理器具を洗い、食器籠に立てかけていく。

あまりにも手際がよく、鮮やかだった。いつまでも眺めていたいくらいだった。

でも、だからこそ、彼の後ろ姿は家庭用キッチンに似合っていない。昔、ファッション誌の広告でよく見かけた人気モデルを通販雑誌で見つけたときのような、居心地の悪さを感じてしまう。

「どうぞ」

川端さんが出してきたお皿には、トマトソースと目玉焼きをのせたパンケーキとサラダがのっていた。

パンケーキはほんのりチーズの味がした。ベーコンの入ったトマトソースの酸味と甘み、半熟の目玉焼きのまろやかさとよく合う。グレープフルーツ入りのグリーンサラダには、爽やかな清涼感。

私は、おいしいおいしいと何度も言って食べた。

幸福と、胸の詰まるような切なさがあった。――「まあ、人それぞれに、人生いろいろあるよね」と流すことはできないくらいの。

だから、テーブルを挟んで向かいあっていた彼に、言ってしまった。

「川端さん、お料理が好きなんですね」

昨晩、一人で厨房を切り回していた彼の姿を思い出す。

彼はかつて、ああいう場所にいたのだ。それを裏付ける証《あかし》は、十分すぎるほどあった。

無感動に自分の作ったものを食べていた彼は、顔を上げた。

「いいえ」

即答してから、戸惑ったように私を見る。

私は、テーブルの端に置かれたお皿に目をやった。矢吹さんと頼子さんの分の昼食だ。粗熱を取るためにラップは軽くかけてある。パンケーキをレンジで温められるように、サラダを別の小鉢に分けている。お皿との取り合わせも美しかった。

私の思っていることがわかったのだろう。

彼は言った。

「小花さんが来てくれたからです。あなたに喜んでほしくて、それで」

状況によっては、恋の告白のようにも取れるセリフだった。なのに、全然心が浮き立たない。むしろ悲しくなってしまう。

確かに、他人がいたら、いつもより気合いを入れて料理するかもしれない。彼の言っていることは嘘じゃない。でも、言い訳だ。

「喜んでます」

私は口の端を上げて答える。

私を言いくるめられなかったのがわかったのだろう。川端さんはうろたえていた。

「……わかりません」

私は言葉を発していないのに、一人でどんどん追い詰められていく。

「好きかどうか、考えたことがない。仕事だからやっていただけで。小花さんのように、強い気持ちでやっていたわけじゃないんです」

私は何も言わなかった。黙って彼の顔を見ていた。

「たとえ好きだったとしても、」

一息ついてから、彼は続けた。

「今の僕には味がわからない」

「……味が？」

訊き返してから、あっ、と思った。

彼は今までに何度か、私の作ったお菓子を食べた。その美しさや技術を褒めてくれたけれど、一度も味に言及しなかった。

利用者の作る料理だって、矢吹さんや私に試食させた。彼がいちばん具体的にアドバイスできそうなのに。火加減や盛り付けについての助言はしていたけれど、彼は一度も味について感想を言ったことがないのだ。

昔から好き、子どものころから食べている――一緒に食事をした際、彼が口にしたコメントも、決まって過去が起点になっていた。

「今はだいぶんよくなりましたけど。一時期は、何を食べても無味無臭でした」

川端さんは、淡々と語った。


母方の祖父がオーベルジュをやっていて、父もその祖父に見込まれた料理人。

父がいなくなっても、彼にとって料理人は身近な職業だった。

母があまりにも料理下手で、必要に駆られて自分でするようになったが、特に好きだったというわけでもない。好きとか嫌いとかいう以前の、当たり前のように行っていた営み。ただ、他に好きなこともないので、その道を進んだ。調理師学校を出て、東京のレストランに勤め、やがて頭角を表し、コンテストでも賞をもらえるようになった。

仕事は順風満帆だった。

ところが、二年半ほど前に、状況が一変する。

勤め先が、本店とは別に若者をターゲットにしたカジュアルな支店を出すことになり、川端さんは若くしてスーシェフに抜擢《ばってき》される。料理人のトップであるシェフを補佐する役で、シェフが不在のときには代理を務めるポジションだ。

グルメサイトの取材を受ける日、体調を崩したシェフの代理として対応したのがよくなかった。

大部分の人にとって、料理人の階級や技能なんてわからない。誰にとっても明確にわかり、なおかつインパクトのある情報は、ビジュアルだ。媒体がサイトだったというのも、情報の拡散に拍車をかける。

つまり、最も拡散した店にまつわる情報が、「若くて見映えのいいシ、ェ、フ、」になってしまったのだ。

でも、店にとってそれは悪いことではない。どんなにおいしい料理だって、知ってもらわなければ存在しないも同じ。話題になるということだけで、歓迎すべきことなのだ。

経営サイドは、川端さんを表に出したがった。

「お前が客を呼んでくれるならいいじゃないか」と言ってくれていたシェフも、川端さんばかりが注目される状況がおもしろくなくなってくる。関係が悪くなったうえ、表にばかり駆り出されるようになり厨房の仕事には関われなくなっていく。女性客を釣れ、と言われて客への対応に神経をすり減らした。ストーカーみたいな女の人につきまとわれて、怖い思いもした。

胃も痛いし、食欲がない。それで、しばらく気づかなかった。

何を食べても味がしない。匂いもわからない。

病院にもかかったが、原因が分からず「心因性」ということになった。

早々に、店を辞めることにした。

大阪にいる母には、辞めることのみメッセージアプリで連絡した。母が突然思いつきで、みやげものや菓子を送ってくることがあったので、勤め先の寮を出ることを言っておかなければならなかったのだ。

母は珍しく電話してきたが、

「辞める理由、話したかったら聞くけど」

とだけ言う。

「話したくない」と答えたらそれで話は済み、頓着しない様子で母は続けた。

「次の仕事は決まってるの？　決まってない？　じゃあ、おばあちゃんのところに行ったら？　健ちゃんとおばあちゃんだけじゃ、忙しいみたいだしさ。パートさんもなかなか続かなくて大変なんだって」

もし、矢吹さんがオーベルジュを継いでいたら帰らなかった。しかし、「料理の才能はありませんでした！」と宣言した矢吹さんと母、祖母の間で、レストランを閉めることは決まっていた。だから戻ってきたのだ。

近所の人たちは、亡くなったおじいさんから聞いて、孫である川端さんが東京のレストランで修業していたことは知っている。だが、オーベルジュがただのホテルになったので、料理をしなくても怪しまれない。根掘り葉掘り詮索されることもない。

勤め先と縁を切ってストレス源が消えたからかもしれないし、単純に、激務から離れて体調がよくなってきたからかもしれない。

一年ほど経つと、だんだん味や匂いの感覚が戻ってきた。

ただ、薄皮を隔てたような感じはずっと残っていて、かつての鋭敏な味覚や嗅覚は戻ってこない。

今も「甘い」「酸っぱい」などの大雑把なちがいはわかるが、それだけだ。

自分から話を振ったくせに、私はすっかりうろたえていた。

何かコメントしなければ、と考えて、かろうじて言葉をひねりだした。

「味がわからなくても、こんなにおいしく作れるものなんですか？」

夢中で食べていたパンケーキの味も、動揺のあまり、よくわからなくなっていた。

「何度も作っていたものなので。記憶だけでやっているから、自分で味の微調整はできない。昨日のも、中西さんが作っているのを何回か見ていたから、再現しただけなんです」

そう言ってから、彼は立ち上がった。

冷蔵庫と冷凍庫を開けて、キッチンカウンターで小鉢を出している。

パンケーキを平らげた私の前に、デザートを置いた。バニラアイスと、何かのフルーツを煮たものがガラスの小鉢に入っている。

私が「いただきます」と改めて手を合わせると、向かいに座った彼は言った。

「……やっぱり、たいして好きじゃなかったんじゃないかな」

食べてみると、フルーツは梅だった。

紅茶で煮たコンポートだ。くらくらするような、芳醇《ほうじゅん》ないい香りがした。甘酸っぱい、他の何ものにも代えがたい、梅の味。

「味がわからなくなったとき、『どうしよう』なんて思わなかった。『これで辞められる』としか」

川端さんは窓の外を見て、心細げに言った。

完熟梅とバニラアイスをうっとりするような心地で口にしながら、私は彼をまじまじと見た。

この人は、何を言っているんだろう。そう思った。

自分のことが全然わかっていない。

健康のためだったり、家計の都合だったりで、好きじゃなくても料理をする人はいるだろう。でも、料理が嫌いな人間は、絶対にアイシングなんか作らない。思い出の梅酒を作っても、梅のコンポートなんか作らない。

あなたがやめたかったのは、離れたかったのは、料理じゃない。作るものそっちのけで外見ばかりもてはやされる環境と、やっかみと、好意の押しつけだ。

そう言ってもよかった。

でも、思い直した。口にしないことに決めた。

あなたは料理が好きなんですよ、と告げることは、彼にとって残酷なことだった。

だって、繊細な味がわからないのだ。

それが料理人として致命的だということは、私にもわかった。

たとえば、アシスタントとして指示されたことだけをやるのなら、すばらしい技巧を発揮して重宝されるだろう。でもきっと、彼はそれを選べない。自ら味を采配することができる立場にいた人が、それをよしとするはずがない。

無味無臭の状態から回復しつつあるのなら、いつかまた元通りになるかもしれない。そう考えることもできる。でも、それは根拠のない、ただの希望だ。

だから彼は嫌いだと思いたいのだ。わざと自分の胸のうちを探らないでいる。

「好きじゃなくても、構いません」

デザートの小鉢を空にして、私は口を開いた。

何度か呼吸を繰り返して、動揺を表に出さないように心がける。できるだけ、軽く聞こえるように言う。

「おいしいものを作ってもらえて、毎日ごはんが楽しみなんです。これからも作ってください、たとえ料理が嫌いだったとしても」

「小花さん、意外にわがままだなあ」

自分勝手な発言に、彼は淡く笑った。

小鉢を片付けようとした彼を押しとどめ、私は自分で流しに運んだ。

「わがままついでに、あの梅、すっごくおいしいです。また作ってください」

「梅はまだ売ってますからね。できますよ」

せめて片付けくらいはする、と言って私は二人分の食器を洗った。

川端さんのいなくなったキッチンで、私は彼の「女殺しの目」を思いだした。

胸がつぶれそうだった。

今なら、彼の気持ちがわかる。

彼があの目で私を見るときは、決まって私が意気込みを語っているときだった。

自分が特別だと思わせてくれるような眼差し。

実際、彼はうらやましくて、眩しかったのだ。

大きな挫折を経験することもなく、好きな道を突き進んでいる私のことが。


焼き上がったクッキーは、シンプルな円形。

熱の取れたその上に、ゆるいクッキー生地を絞りだす。ひねりを入れながら、ふんわりと円を縁取ったり、小さな星を並べたり。

チョコレートで仕上げるのもおいしくて可愛いけれど、チョコレート仕上げは夏に向いていない。今回は、ロシアケーキの定番、ジャムで仕上げるつもりだった。

余ったクッキー生地は、プレーンといちご味の二種類に分けて、それぞれを絞り袋に入れ、さらに大きな絞り袋に入れて同時に絞り出す。薔薇の形にすると二色がグラデーションのようになって可愛らしい。

生地をオーブンに入れてから、ため息をついた。

集中できない。

考えまいとしても、川端さんのことを考えてしまう。

私が、もし味も匂いもわからなくなったら——その挫折感は、高島の店を閉めることになったときの比ではないに違いなかった。

仕事は辞めざるを得ないだろう。味のわからないものを売るわけにはいかない。

アイデンティティの崩壊だ。私には他に好きなことも得意なこともない。この先の人生、どうやって生きていったらいいかわからない。

そう考えると、心が波立って仕方なかった。

「今日はだめ、おしまい！」

自分に言い聞かせ、柏手《かしわで》を打つように手を叩き、区切りをつける。

ひとまず気分を変えようと、着替えて外へ出た。

飛び石を渡り、川べりの道をたどる。ひたすら歩いていると、気持ちが整理されて落ち着いてくることを経験から知っていた。

日牟禮《ひむれ》八幡宮《はちまんぐう》の近くの白雲橋までやってきたとき、前からやってくる矢吹さんに遭遇した。

「おっと美月さん、何してるの」

矢吹さんはいつもの船頭姿だった。

「散歩です。矢吹さんは帰るところですか」

「そう。暇ならお茶しない？」

「暇です、行きましょう！」

蔵を改装したお堀沿いのカフェで、アイスコーヒーを頼んだ。

がんがんに効いた店内の冷房も恋しかったけれど、せっかくなのでオープンテラスに座った。

土曜日だということもあって人は比較的多く、夕方近くになっても舟はお堀をひっきりなしに往来していた。水際には、淡い青色の紫陽花《あじさい》。

「川端さんから聞きました。矢吹さん、川端さんが東京のレストランで嫌な思いしたから、同じようなことが起こらないように気を遣ってたんですね。またお客さんがストーカーになったら困るから……」

しょんぼりと私が言いかけると、矢吹さんが目を見開いた。

「ごめんなさい、乙女おじさんなんて言って」

私は改めて謝ったけれど、彼はそんなこと、どうでもいいようだった。

「燿くんが話したの⁉」

「え、はい」

「何を、どこまで⁉」

「えーっと……料理人になった理由と、店でのトラブルと、味がわからなくなったことと、ホテル・ヴォーリズに来たいきさつです」

簡単にそう言うと、矢吹さんは「ガーン!!」と言って両手で顔を覆った。

「俺には何にも言ってくれないのに……ひとっこともしゃべらないのに……ううっ、俺がママチチだから……」

てっきり矢吹さんも聞かされているのだと思って、しゃべってしまった。

矢吹さんは顔を覆ったまま、ネガティブなつぶやきを続ける。

「そうだよね……十年以上、母一人子一人で暮らしてきたのに、知らない男が急に母親と結婚するとか言って現れたら嫌だよね……ううう、思いだした。再婚します！　って言って会ったとき、さりげなく拒絶されたんだった……『へー、釣りするの？　今度一緒に行こうよ！』って言ったら、すんごい爽やかな笑顔で『僕のことはお構いなく』って言われたんだった……俺は信用できないママチチ……」

「あの、言いづらいんですけど……」

アイスコーヒーを飲みつつ、私はおずおずと言った。

「そういうの、鬱陶しいですよ。川端さんからしたら」

「率直すぎる!!」

矢吹さんはまじまじと私を見た。

「君、性格とその他もろもろにギャップがありすぎるよ！」

「だって……たぶん、本当のお父さんかどうかって、関係ないですよ。私も、合田さんの件、一切親に話してませんし」

もちろん「そら見たことか」と言われるのが嫌だったのもある。

でも、それ以上に、親に話したら大事になってしまうと思ったのだ。過剰な心配をされて、大騒ぎになると思ったのだ。親自身にはどうすることもできないことで、両親の心を騒がせるのも心苦しい。

警察沙汰レベルになっていたら、迷わず親に言った。まだ相手の心をかき乱すほどのできごとではない、と思っていたのだ。

「家族は心配しちゃうから。他人のほうが話しやすいってこと、多いんですよ。たぶん。川端さんの中では、矢吹さんは他人じゃなくて家族なんでしょう」

「……そうかなあ」

「川端さん、お母さんにも話してないって言ってましたし……」

「そうだね……。真喜ちゃんが聞いたのは、『味も匂いもわからなくなった』とか『料理以外の仕事をする』とか、その程度。彼女も、根掘り葉掘り訊いたりしないんだよね。いまだによくわかんないよ、あの母子関係が。俺、実家の妹とか弟がそうなったら、絶対問い詰めちゃう」

「じゃあ、矢吹さん、どうやってストーカーのこととか知ったんですか？」

「…………ネット」

「…………一般人ですよ。ネットにそんな情報、のってます⁉」

「君が想像してるより、有名人だったんです、燿くんは！」

鼻息荒く、矢吹さんが言う。

「そうなんだ……。あ、そうか。確かにグルメサイトの口コミとか、スタッフのこと書いてあったりしますね」

「あのー、君、『川端燿』で検索しなかったの」

「してません」

「この関心の薄さ！」

天を仰ぎ、矢吹さんが嘆く。

関心がないことはない、と思う。

料理が好きなんですね、と言ってしまったのは、やはり彼のことを知りたかったからだ。そして、今日の午後は、珍しく揺らぎを見せた川端さんのことを頻繁に思い出した。

でも、もし川端さんが会話を表面的な部分でとどめようとしたり、話を逸《そ》らしたりしたら、私はそれ以上訊こうとはしなかっただろう。もう、知ろうともしなかった。そこまで踏み込んでいい関係だとは思わない。

「でも、まあ、そうだね。美月さんみたいな人のほうが、櫂くんはいいのかもしれないね。自分に対して興味がない、仕事のことしか考えてないような人のほうが。みんな、彼に興味ありすぎだから」

矢吹さんは静かに言った。

「仕事のことしか考えてない」にはちょっとむっとしたけど、よくよく考えてみたらほぼ事実だった。

カフェを出て、再び川べりの道を歩く。

屋形舟がお堀を通り、船頭さんが矢吹さんと合図を交わしあう。

「櫂くんはさー、たぶん、中西さんが、今の生活を捨てて店を継ぐために親のところへ帰るって言ったのを聞いて、揺れちゃったんだよね。彼、おじいちゃん子だったうえに、真面目すぎるから。オーベルジュを継げなかったことに責任感じてるのかも」

石畳の道を歩きながら、矢吹さんが言った。

「全然、彼のせいじゃないんだけど。もとはと言えば、後継者として見込まれてた彼のお父さんと真喜ちゃんが上手くいかなかったのが発端だしね。さらに、『後を継ぎます！』ってしゃしゃり出てきた俺に、才能がなかった。そんなこんなで、まあ、櫂くんが最後の希望だったと言えなくもない。でも、ここまで重なったら、もうしょうがなくない？　って俺は思うよ。無責任かもしれないけど」

おじいさん自身が、店を誰かに継がせることを諦めていた。孫が自分と同じフランス料理の道を選んだことを喜んではいたし、「もしかしたら」という希望は抱いていたかもしれない。でも、固執してはいなかった。

だから、おじいさんの体調が悪くなりはじめた時点で、頼子さんは宿泊業に専念する決定を下したのだ。

彼女だって、二人で一から築き上げてきた店を閉めることについて、感傷がなかったわけじゃない。けれども、そんな感傷のために誰かの人生を犠牲にする必要はない、と彼女は言った。

「耀くんがこっちに来る前に、真喜ちゃんと頼子さんと三人で決めたのは、『一緒になって、苦しまない』ってことね。彼が苦しんでいるのは事実で、それはないことにしちゃダメなんだけど、周りが一緒になって苦しんだら、性格的に彼は余計にストレスを感じるだろうから。どうしても時間の経過でしか解決しないことはあるし、少なくとも自分たちは『今は今だけ』って思ってることにしたの。悪い状況も、永遠じゃない」

祖母と義父のもとへやってきた川端さんは、持ち前の生真面目さと能力の高さを発揮して、ホテルの仕事をどんどん改善した。電話予約しか受け付けていなかったのをオンライン予約可能にして、お客さんも増やす。

心配ではあったが、好きなようにさせていた。

「これからも、気分は浮いたり沈んだりを繰り返すんだろうけど、燿くん、ちゃんといい方向に向かってるんじゃないかな。完全ではないけど味覚と嗅覚は戻ってきたし、自分で美月さんをアルバイトに誘ったし」

急に自分の名前が出てきて、私は矢吹さんを振り仰いだ。

「え？　私が何か関係あります？」

「君、広い意味では燿くんとほぼ同業でしょ。ジャンルはちがうけど。しかも、歳が近いし、すでに一国一城の主《あるじ》。彼、絶対、心穏やかでいられなかったと思うんだよ」

言われて初めて気づいた。

自分が失ったものを持っている、脳天気な女。近くにいたら、「うらやましい」で済むわけがない。

今さらながらに、血の気が引いた。自分の言動が彼を苦しめていたかもしれないと思うと、息苦しくなってくる。

「いやいや、大丈夫だから！」

顔色が変わっていたらしい。矢吹さんが慌てて言った。

「だって、燿くん自身がそうしたんだから。彼にとって必要なものがあったんでしょ、きっと。君のガッツとかたくましさとかさ」

魚が跳ねたのか、水音がした。

お堀に目を向けると、水面に波紋が広がっていくのが見える。

川端さんは、合田さんから私を助けてくれた。私に与えられるものがあるなら、差し出したかった。

でも、彼が求めているものとは何だろう？

# 第4話　七年の午睡

## アフタヌーンティー7／23

六月も終わりにさしかかっていた。

このところ、毎日雨が降っている。

外へ出るときはその湿気と濡《ぬ》れる服にうんざりしてしまうけれど、外出しない日の雨は悪くない。雨音は心地よく、窓から見える緑も瑞々《みずみず》しい。

繁忙期の前で宿泊のお客さんも少なく、一日の時間もゆったり流れていく。

「夏って、冷蔵庫がぱんぱんになるんですね！」

客室の清掃を終え、離れのダイニングキッチンで私は言った。

「なに？　いきなり」

古いチェストの引き出しを開けていた頼子さんが、振り返って訊く。

冷蔵庫の扉を閉め、私はピッチャーからグラスへとアイスコーヒーを注いだ。

「私、あまり自分でごはん作らないから気づかなかったんですけど、暑くなると、普通のおうちでも冷やさなきゃいけないものが増えるんだなあって思って」

その都度淹れていたお茶やコーヒーを、作り置きして冷やしておく。他の季節には常温で保存しておける野菜も、暑くなると冷蔵庫に入れる。フルーツもあっという間に熟してしまうので、冷蔵保存が必須。

ダイニングチェアに座り、頼子さんが答える。

「そうだね。これから到来物も増えるし。お中元でもらったゼリーとか、近所の人からもらった西瓜《すいか》が入らなくて、レストランのほうの冷蔵庫を使ったこともあるよ」

試作品の焼き菓子をお皿に並べながら、私はしばし考えた。

青梅のジャムをのせたロシアケーキ、紫陽花をイメージしたアイシングクッキー、はちみつレモンのサブレ。

「見た目も涼しいクッキー缶」の開発のため、このところいろんなお菓子をせっせと焼いていた。

「ひょっとして、チャンスなんでしょうか。夏って、ゼリーとかアイスクリームがおいしいし、焼き菓子はあんまり需要ないのかも……って思ってたんですけど。冷たいもので冷蔵庫がいっぱいだから、常温保存でもおいしい手土産、もらうほうは助かるかも！」

自分の思いつきに興奮して、お皿を持ったままうろうろしていると、頼子さんが隣の椅子を引いた。

「お座り」

「……はい」

お皿をテーブルの上に置いて、腰かけた。

頼子さんはチェストから引き抜いた引き出しをテーブルに置き、中身を取り出していた。その作業を続けたまま言う。

「最近、仕事の話をよくするね」

「ごめんなさい」

「別に悪くないよ」

「今まで川端さんにしてたんですけど、事情を知ったら話しにくくなってしまって……」

「そうなるから、黙ってたんだよ」

「うう……」

気を遣われるのは嫌だろうな、と私にだって予想はつく。でも、知ってしまった以上、これまで通りの振る舞いはできなかった。

食べているものの味について言及することも躊躇してしまうし、菓子店の仕事について話すことも遠慮がちになってしまう。

頼子さんは立ち上がった。流しで手を洗いながら言う。

「母親はめちゃくちゃだし、父親は追い出されるし、昔から家族みんながあの子のことをかわいそうだと思ってたから。追い打ちをかけるみたいなことが起こって、私も真喜子も、腫れ物に触るような扱いをしてしまって。それが嫌だから、何も知らないあなたを自分でここに誘ったんだと私は思ってるよ」

矢吹さんも似たようなことを言っていた。私をアルバイトとして誘ったことに、何か意味があるのだろうと。

今の頼子さんの話だと、自分に気を遣わない相手がほしかったのだろうか。

「いただきます」

テーブルに戻ってきた頼子さんが、両手を合わせる。

「これは紫陽花だね。きれいな色だ」

アイシングクッキーを手にして、頼子さんが言った。

四枚の花びらを持つ花の形のクッキー型は、自作。ブルーベリー風味のクッキー生地に、アイシングが塗ってある。

「ええ。祐太郎くんの色使いが素敵だったから、似たようなことができないかと思って」

お菓子の話になって、ちょっと気分が上向きになる。

実物を見ても、私の目には映らなかっただろう、水面や葉の微妙な色合い。

あれを、アイシングに取り入れてみてはどうだろうと思いついたのだ。

いつもは単色のアイシングを重ねて絵を描き、一枚で完成したクッキーにしている。

でも、今回は、複数枚を並べたときに良さが際立つ作り。ピンクから紫、紫から青へ。

グラデーションのように、一枚一枚、微妙に色合いが変わる。

クッキー一枚ではそこまで見栄えがしないけれど、小さなそのクッキーを丸い缶に詰めると、紫陽花の花房のようになるのだ。

試行錯誤の結果、ずいぶん時間がかかってしまったけれど、ちょうど良い色の菓子缶も見つけた。六月の店頭販売で売ってみるつもりだった。

「それは何ですか？」

頼子さんの手元に積まれた封筒に目をやり、尋ねる。

折りたたんだ茶封筒に「青いスミレ8月」「コスモス7月」という文字が見える。

「探し物をしてたら出てきたんだよ。花の種だね。昔、主人が園芸に凝ってたことがあったから」

「わ、ちょうどいい時期じゃないですか。コスモス、七月に種をまくってことでしょう？　今からまいたら、秋に咲くのかも」

私はそう声を弾ませたのだけど、頼子さんは眉を寄せた。

「ムコに訊かないとわからないけど、もうダメじゃないだろうか。古すぎて」

彼女は矢吹さん本人に向かっては「あんぽんたん」と呼びかけるのだけど、本人のいないところでは彼を「ムコ」と呼んでいるのだ。

川端さんのおじいさんが亡くなったのは三年前。厨房には立ち続けていたけれど、晩年は腰を痛めていて園芸からは遠のいていた。少なくともおじいさんが引き出しに種を入れてから、七、八年は経っているのだという。

「中を見てもいいですか？」

ティッシュペーパーを広げ、その上に中身を出してみた。

切り落とした爪みたいな形の、黒いものがいくつも出てくる。干からびて粉々になっているわけじゃないし、ちゃんと種の形を保っているように見える。

「えーっと、えーっと……名前忘れちゃったんですけど、聞いたことあります。ものすごい昔の遺跡から出てきた種から花が咲いたって」

「大賀《おおが》蓮《はす》？　それとも、中尊寺《ちゅうそんじ》蓮《はす》？」

「あっ、それ！　大賀蓮」

蓮が咲くのなら、コスモスだって咲くんじゃないだろうか？

種をもらいうけて、七月になったらまいてみることにした。

旦那さんの残したものが芽吹いたら、頼子さんも嬉しいだろうと思ったのだ。


紫陽花のクッキーはSNSで強めの反応が出たので、店頭販売にあわせて急いで量を作った。

お中元の時期も近いし、ちょっとしたプレゼントにもいいだろうと思ったのだ。

六月末の店頭販売では、いつもの焼き菓子に加えて、ムラングにクリームを挟んだムラング・シャンティや、デコレーションしたミニタルト、紫陽花のクッキーを添えたミニパフェなど、クリームやフルーツを使ったお菓子も売った。

クリームでのデコレーションは好きだけど、水分の多い生クリームやフルーツは傷みやすいし、崩れやすいから、特別な冷凍技術で保存しないと通販では売れない。作る側としても、店頭で売るときだけのお楽しみだ。


日曜日の午後、そのお客さんは、一人でやってきた。

SNSを見て来てくれた人は、すぐにそれとわかる。来てすぐに目的のものを押さえて、それから他の商品を見る。

でも彼女は、何も知らずにふらりと立ち寄ったらしい。

ショーケースの前で口元を押さえ、まじまじとタルトを見つめている。

「はあ……美しい……可愛い……素敵です」

歳は私の母よりも少し若いくらいだろうか。ふっくらした頬と、ナチュラル系のワンピースが優しげな女性だった。ひよこの柄の入った黄色い紙袋を手にしている。

「ありがとうございます。タルトは店頭でしか売っていないので、おすすめです！」

「どうしよう……選べない……みんなきれい」

目をきらきらさせて、ショーケースを見つめている。

お菓子を褒められることが何より嬉しいので、私もついついうきうきしてしまう。

「あの、これ、どうやってやるんですか？　このクリームのグラデーション……」

彼女が指さしたのは、レモンタルトだった。

タルト生地にレモンムースを入れて、白と淡い黄のクリームで薔薇のような模様を描き、ミントの葉をのせた。

私が答えるより早く、彼女がはっと口もとに手をあてる。

「ごめんなさい、企業秘密ですよね」

「いえ、秘密じゃないですよ。これ、グラデーションに見えるけど、二色のクリームを同時に絞り出してるだけなんです。クリームをそれぞれ絞り袋に詰めて、星型の口金をつけた大きい絞り袋の中に一緒に入れるだけ。こっちのクッキーも同じようにできます」

白とピンクのローズクッキーを指し示して、私は教えた。

真似《まね》されるのが嫌で教えないという人もいるかもしれないけれど、調べればネットでだってやり方は見つけられるのだから、隠しても意味がない。

「ありがとうございます。じゃあ、このレモンと、ナッツと……」

彼女はタルトを五つと紫陽花のクッキー缶を買ってくれた。

「お菓子、ご自分でも作られるんですか」

会計を済ませ、箱に詰めた商品を手渡してから私は訊いた。

私の雑な説明で、ちゃんと伝わった手応えがあったからだ。「口金」や「絞り袋」だって、ふだん使っていない人にはイメージができないだろう。

「はい！　あっ、でも、ただの趣味で、こんなきれいなのは作れないんですけど……」

「何がお好きですか」

「最近は、スコーンに凝ってて……甘いものは家族があまり食べてくれないから、朝食にできるようなものを。ジャムやクリームで、甘みも足せますし」

「わ、いいですね。スコーンの朝食！　スコーン、もうずいぶん作ってないかも。修業先がフランス菓子のお店だったから、機会がなかったんです」

「スコーンはイギリスのお菓子ですもんね」

「いいですよね、アフタヌーンティーとか～！」

「ああ！　わたし、紅茶も好きなんです」

他にお客さんがいないのをいいことに、きゃっきゃとお菓子談議に花を咲かせていると、レストランスペースの入り口から矢吹さんがやってきた。

「いらっしゃいませ」

珍しく、シャツにベスト、スラックスの支配人スタイル。

「ヴォーリズ建築をめぐる旅」という企画ものの団体ツアーを受け入れた影響で、昨日の午後から今日のお昼にかけて、ホテルは大忙しだった。川端さんから「今日明日は絶対、ここにいてくださいね！」と釘《くぎ》を刺されたため、矢吹さんもホテルの中にとどまっていたのだ。

「あっ！」

振り返ったお客さんが声を上げる。

「健《けん》くん！」

「うわー、びっくりした！　ノリコじゃん。帰ってきてたの？」

矢吹さんは目をまん丸にしていた。

「お知り合いだったんですか？」

私が尋ねると、ノリコと呼ばれたお客さんが、私のほうに顔を向ける。

「わたし、実家がこっちで……集団登校の班が一緒だったんです。わたしが六年生のとき、彼が二年生」

「いやー、あのころはご迷惑をおかけしました」

「ホントだよー、登校中に水張った田んぼの中にダイブするわ、帰り道にガマガエルつかまえて女の子に投げつけるわ……」

「そこへ通りかかった、我が妻・真喜ちゃん、当時高校生。ガマガエルをむんずとつかんで、俺に襲いかかってきたからね。あれはしびれたね」

矢吹さんは胸に手をあてうっとりと言うけれど、今の話のどこにうっとりポイントがあるのか全然わからない。

「矢吹さん、小さいころから矢吹さんだったんですね……」

「あっ、なにその含みのある言い方！　美月さんは、も〜！　あ、彼女、うちのアルバイトでもある美月さん」

矢吹さんが、改めて双方を紹介してくれる。

ノリコさんは「典子《のりこ》」と書くのだそうだ。

「……真喜ちゃん、こっちに帰ってくる予定ある？」

おずおずと、典子さんが矢吹さんに向かって尋ねた。

「あるよ！　グッドタイミング！　一週間後！　五日間休みを取るんだってさ」

矢吹さんが壁にかかったカレンダーに目をやって答える。

それは私も聞いていた。

真喜子さんは、矢吹さんを介して「小花菓子店」のお菓子をたびたび買ってくれている。でも、会うのは初めてだ。

「ちょっと真喜ちゃんに相談したいことがあるんだけど、時間あるかな……？」

典子さんの声が、だんだん張り詰めたものになっていく。

「大丈夫だろうけど、急ぎなら向こうから電話してもらうよ。番号教えてくれたら」

「ううん、大丈夫。電話だと、上手く話せそうにないし……今すぐどうって話じゃないの」

慌てたように、典子さんが小さく手を振る。

「ごめんなさい、店先で」

はっとしたように、私のほうを見てぺこぺこと頭を下げた。

「いいえ、お買い上げありがとうございます」

新しいお客さんが入ってきたのもあり、典子さんは矢吹さんと一緒にレストランスペースを出ていった。

「相談っていうのは、あの、離婚についてなんだけど……」

典子さんの小さな声が聞こえた。


どこのホテルもたいていそうだと思うけれど、週の中でお客さんがいちばん多いのは、金曜日の午後から日曜の午前中にかけて。

だから日曜の午後には、毎週ほっと一息という空気が流れる。

三回目のホテル・ヴォーリズでの出店を終えて、私もすっかりオフモードだった。

生洋菓子は完売した。

でも、これはもともと数をそれほど用意していなかったからだ。

紫陽花のクッキー缶やロシアケーキ、アーモンドと青梅のケーキなどの新しい焼き菓子は早いペースで売れたのに、生洋菓子はゆっくり売れて、閉店までになんとかはけた、といったところ。

焼き菓子を売りにしてきたのだから、当然といえば当然。でも、まだ「小花菓子店」の名前だけで売れるわけではない、という証拠でもあった。お客さんにとって、生洋菓子は未知数の商品。焼き菓子がおいしいから、きれいだから、こっちも……と手を伸ばしてくれるお客さんは多くなかったということだ。

「何か困ったこと、ありました？」

クリップボード片手に清掃のチェックをしながら、川端さんが尋ねた。

「いいえ。川端さんや矢吹さんが顔を出してくれるので、嫌なお客さんはあんまりいませんし……」

こちらが若く、女一人だと見て嫌な絡み方をしてくる人も皆無ではない。でも、そういう人は、男性スタッフが現れるとそそくさと逃げていくのだ。

川端さんが私の顔を見る。

口の端を上げて、私はそれに応えた。

その曇った表情で、彼が自分の事情を話したことを後悔していることがわかる。以前の私だったら、訊かれもしないのに、「生洋菓子の売れ行きがいまいちだったんです！」と嘆き、その理由をぺらぺらしゃべっていた。でも、それができない。そういう遠慮が良くないと頭ではわかっていても、やはり遠慮してしまう。おまけに、私の頭の中は、食べものとお菓子作りのことで大部分が占められているので、その話題を封じられると話すことがなくなってしまうのだった。

微妙な気まずさが漂う中、レストランスペースを施錠する。

昨日、ちょっとした騒動があった。

「ヴォーリズ建築をめぐる旅」の旅行社の人なのか、一時的に雇われた外部の人なのかわからない。添乗員さんと一緒に来ていたスタッフらしき男性が、川端さんの写真を撮りたがったのだ。始めたばかりの企画だということで、彼は宣伝のためにずっと同行して写真を撮っていたらしい。

気持ちはわからないでもない。ダークブラウンの木が優美な曲線を描く階段や、ステンドグラスが美しいアーチ窓。そういうホテル・ヴォーリズの各シーンに、川端さんがいたら見映えがするだろう。

でも、川端さんは「自分はアルバイトみたいなものなので」と頑として拒否した。相手のしつこさに、それまでの物腰柔らかな態度もかなぐり捨てて嫌がった。

結局、通りがかった矢吹さんが、

「事務所通してくれないと困るよ〜。私が事務所の所長です。撮影料三百万円」

とか言って腕力でスタッフを引き離し、諦めさせた。

結果的に写真におさまったのは、「支配人」と「ベッドメイキングしている女性スタッフの首から下」だ。私のほうが正真正銘のアルバイトなのだけど、そのときは、「川端さんを守らなければ！」という気分になってしまって、自分から提案してしまったのだ。メイドみたいな制服だし、これはこれで古い建物の雰囲気が出る、ということで穏便に事は収まった。

こういうときに、川端さんの失ったものの大きさを考えずにはいられない。

彼の整った容姿は、料理の才能とともに世を渡っていくにあたって、アドバンテージになったはずだ。それが変な消費のされ方をしたために、枷《かせ》になってしまった。味覚嗅覚を奪われたばかりか、おそらく彼は自分の容姿にネガティブな意味づけをせざるを得なくなったのだ。

「やっほー！　ごめん、話し込んじゃった」

離れのダイニングキッチンで休憩していると、矢吹さんがやってきた。

幼なじみの女性がやってきて、矢吹さんに相談を持ちかけていたということは、私から川端さんに伝えてある。

「これ、典子からの差し入れ。彼女、恐縮してたけど。プロの方がいるのに、こんなの持ってきちゃって恥ずかしいって」

矢吹さんの差し出した紙袋に、見覚えがある。

ひよこの柄の入った黄色い紙袋。典子さんが持っていたものだ。

矢吹さんが中身を取り出す。

「わっ、スコーン‼」

私は声を上げた。

十五個くらいあるだろうか。菊型のスコーンが封をしたポリ袋に入っている。

「作るのは好きだけど、家族があんまり食べてくれないんだって。フロントでお義母さんに訊いたら、これを夕食にしようってさ」

今日は頼子さんが夕食の当番だったのだ。

彼女は料理がそこまで好きじゃないので、渡りに舟のスコーンだったのだろう。

「ちょうどよかった！　今日使ったホイップクリームが余ってるんですよ。本当はクロテッドクリームがほしいところですけど、今日はこれを代わりに。あと、ジャムとかあるといいですよね」

ついついはしゃいだ声を上げてしまった。

「ジャムはありますよ」

川端さんが立ち上がり、冷蔵庫から瓶を出してくる。

苺《いちご》、梅、蜜柑《みかん》。中身の書かれた手書きのラベルが、蓋に貼ってある。

「も〜！」と私は内心、身もだえする。料理が嫌いな人は、ジャムも作らないんですよ、と思った。

「スコーンだけでは、さすがに味気ないのでは」

そう言って、川端さんがオムレツとサラダを作った。

私がまたもや胸のうちで「だから、料理が嫌いな人はスコーンだけで済ますんですよ！」と叫んでいるうちに、テーブルにはきらきらした夕食が並んでしまった。

トースターで温めたスコーン、オムレツ、野菜のサラダ、クリームチーズ、生ハム、コーンスープ。

矢吹さんが夜だからと言って、カフェイン抜きの紅茶を入れてくれる。

スコーンは高くふくらんで、側面に割れ目が入っている。

私はそれを指し示した。

「これ、『狼《おおかみ》の口』とか『腹割れ』って言って、おいしさの証《あかし》なんですって。なかなか難しいんですよ。バターの層を残して焼くとこうなります」

外側のザクザクした食感と、中のふんわりした食感のコントラストが楽しい。

子どものころは、スコーンのもさもさした感じ、口の中の水分を奪うようなところが好きじゃなかった。

でも、そういうところがいいのだと、今は思う。お茶を楽しむためのものだから、乾いてなんぼなのだ。

それに、甘みのないスコーンにクリームとジャムをたっぷりつけて食べるのは、背徳感も相まってとてもおいしい。

薄く割ったスコーンに、クリームチーズと生ハム、あるいは、ふんわりした半熟のオムレツとサラダを挟んで、サンドイッチのようにして食べるのもなかなかいい。

いつものことだけど、あまりにおいしいので無言でひたすら食べてしまった。

「相談ごと、解決しそうでしたか？」

食事を終えて、紅茶を飲みながら私は尋ねた。

「うーん……」

矢吹さんがうなる。

「今日は、話を聞いただけ。本格的な相談は、真喜ちゃんが帰ってきてからかな。今すぐどうこうって話じゃなかったし」

矢吹さんは、詳細には語らなかった。

彼のこういうところを、いいなと思う。

典子さんは、ホテルのお客さんでも、シェアキッチンの利用者でもない。だから、矢吹さんが個人的に聞いた話を、私や川端さんにシェアする必要はないのだ。

「母に会わせたら、離婚に追い込まれますよ」

川端さんが、眉をひそめた。

離婚のことなんて、私は一言も伝えなかったのに。

疑問が表情に出ていたらしい。私に向かって、彼が補足する。

「うちの母、『離婚に強い弁護士』なんです」

「いや、真喜ちゃんだって、何でもかんでも離婚に持ち込もうとしないでしょ」

ティーカップを洗いながら、矢吹さんが答えた。

彼はこれから頼子さんと交代で、フロントに入るのだ。

「しますすよ。迷ってるなら、母に会わせないほうがいい。家庭が壊されてしまう」

川端さんがあまりにもはっきり言うので、矢吹さんは戸惑っている。

「いや、現状維持が地獄って場合もあるし……耀くん、お母さんが離婚して嫌だった?」

「普通に嫌ですよ」

川端さんは、真顔で言った。即答だった。

「えっ、えっ⁉ 離婚してくれないと、俺と再婚できなかったんだけど⁉」

「嫌でした」

「ガーン!!」

ううう……となっていた矢吹さんは、ふんと顔をそむけた。

「櫂くんのバカっ、もう知らない！」

芝居がかった口調。ヒロインの捨てゼリフみたいなことを言って、すたすたとダイニングを出ていく。

急展開に、私はぽかんとしていた。

しばらくしたら、ドアを開ける音が聞こえてくる。

「……お手洗いに行きたかっただけですね」

私が言ったら、川端さんがさっとトレイで顔を隠した。

「言い訳させてください！」

恥ずかしいらしい。

「この歳になってまで、こだわってるわけじゃないんです」

「……」

「母には感謝してます。お金のことで本当に苦労させられたこと、ないんです。母が必死に働いてたから。母に我慢してほしかったわけでもない」

私は少し考えた。

「……自分で選べなかったから？」

自分の話になっちゃいますけど、と前置きして、私は続けた。

「父が転勤族で、引っ越しと転校ばっかりだったんです。仲のいい友だちができても、すぐに別れなきゃいけない。何回も何回も、人間関係を作り直さなきゃいけない。父が悪いわけじゃないし、仕方ないって頭ではわかってるんですけど、嫌だな、なんで自分ばっかり……って、ずっと思ってました。だから、父が『俺のおかげで人見知りしなくなっただろ』みたいなこと言ってきたとき、めちゃくちゃ腹が立って喧嘩になったんです。それと似てます？」

川端さんも、しばし黙った。

「そうかもしれない。ベターだってわかってるけど、ベストだったたって断言してほしくはないだけで……。母に矢吹さんがいて、よかったと思ってますよ」

「それは私じゃなくて、矢吹さんに言ったほうがいいのでは」

「いや、いいです」

「よくない」

私が短く答えると、川端さんがため息をついた。

「そうですね……」

私がトレイに手をかけたら、川端さんが手に力を入れて奪われまいとする。

幼稚な攻防を繰り広げていたら、足音とともに矢吹さんが戻ってきた。

ダイニングキッチンの入り口で腕を組み、仁王立ちになっている。

トレイをテーブルに置き、川端さんが気まずそうに言った。

「矢吹さんと母が結婚したのが嫌なんじゃないですよ」

「よろしい！」

大きな声で言って、矢吹さんがホテルの方へ向かう。

そういえば、と思いだす。矢吹さんは地獄耳だった。川端さんと私の話していたことが、聞こえていたに違いない。


真喜子さんが実家であるホテル・ヴォーリズにやってきたのは、七月に入って最初の火曜日のことだった。

「初めまして。櫂の母の真喜子です。家族がお世話になってます」

お昼休憩のために行った離れのダイニングキッチンで、私は初めて彼女に会った。

つやつやした黒髪をボブヘアに切《き》り揃《そろ》え、前髪をカチューシャで上げている。きれいな富士《ふじ》額《びたい》に、くっきりとした目。

いるだけでその場がパッと明るくなるような、存在感。

「これは、美月さんが好きなんじゃないかと思って。お口に合うといいのだけど」

そう言って彼女は、私に小さな包みをくれた。

一目見て、すぐに和菓子屋のものだとわかるパッケージ。

中を見ると、薄くのばした美しい五色のお菓子が入っていた。磨りガラスのような質感を見ると、琥珀糖だろうか。

「わあ、すごくきれい！　初めて見ました」

あまりにも私好みだったので、興奮してしまった。

「岐阜のお店のものなんですって。私も、お客さんからいただいて知ったの」

彼女は川端さんや矢吹さん経由で、私の作るお菓子を手にしているから、私の好みにも見当がついたのかもしれない。私の作るものと重ならないような和菓子であるところも、気遣いが感じられた。

川端さんや頼子さんの話から「とんでもない暴れん坊」のいうイメージを持っていたのだけど、実際の彼女はどちらかというと可愛らしい。

そのうえ、彼女は微笑んで言うのだった。

「美月さん、好きな食べ物はある？　五日間、食事や掃除のことは私に任せて」

頼もしい言葉。

私は一発でのぼせてしまった。

「聞いていた話と全然ちがうじゃないですか！」

チェックイン前のゆったりした時間帯。フロントにいた川端さんに美しい和菓子を見せて報告すると、彼は首を横に振った。

「見た目だけですよ。中身は戦闘民族ですからね」

「ごはんも作ってくださるって！」

「落ち着いてください。母は自分が作るなんて言ってないでしょう」

その日の夕食は、うな重だった。近所のお店から出前してもらったのだ。

翌日の朝食は、「喫茶リオン」のコーヒーとシナモンロール（矢吹さんが運んできた）。

そして、休憩の際に離れに行くと、モップやバケツを持った二人の女性が帰っていくのとすれちがった。どうやらクリーニングサービスを頼んだらしい。

うな重は涙が出るほどおいしかったし、キッチンの窓はピッカピカだったけれど、確かに想像していたのとはだいぶんちがう。

「母は苦手なことは全部お金で解決するんです。使った分は働いて稼げばいいって考えで、節約という発想がない」

川端さんはそう言った。

その日のお昼は、川端さんが冷凍保存していたカレーだった。

野菜の水分だけで仕上げたというそれは、トマトの酸味と玉ねぎの甘み、セロリの清涼感が詰まっている。煮込まれた鶏肉《とりにく》は、スプーンでほろほろに崩れていく。別に凝った味付けをしたわけではなく、ベースは市販のカレールーだというから驚きだ。

「このカレー、すっごくおいしいでしょう。カレー界のナンバーワンだよ」

真喜子さんはにこにこしながらカレーを食べ、誇らしげに言った。

こうやって料理人は育っていったんだなあ……と思った。

「この人に任せておいたら大変なことになる」という危機感と、手放しの賛辞とで。

「私に任せて」から二十四時間も経たないうちに、食事はいつも通りに頼子さん・矢吹さん・川端さんの交代制に戻った。ハウスクリーニングの業者も二度と来ることはなかった。


真喜子さんがやってきて三日目の午後のことだった。

私が洗ったモップや雑巾を手にして裏庭に行くと、庭にハンモックとビーチチェアが出ていた。

サングラスをかけてビーチチェアに寝そべり、くつろいでいるのは真喜子さん。

ハンモックの真ん中に所在なげに座っているのは、別の女性。

ふっくらした頬と、おだんごにした髪に、見覚えがある。店でタルトとクッキー缶を買ってくれた典子さんだ。

「あっ、こんにちは」

近づいてきた私の顔を見て、彼女が声を上げる。

「こんにちは」

私も声を弾ませる。

「スコーン、私もいただきました。ごちそうさまでした」

「あんなきれいなお菓子を見た後で、恥ずかしかったんですけど……」

「おいしいスコーンでした。クリームとジャムで食べるのももちろんおいしいんですけど、サンドイッチみたいに甘くないものを挟んで食べるのもよくて！　生ハムとクリームチーズとか、オムレツとサラダとか……」

私が熱く語っていると、真喜子さんが体を起こした。

「美月さん、お仕事は何時に終わる？」

「これを干したら、今日のバイトは終わりです」

住み込みで働いているので、仕事を追加されることはあるのだけど、今日はその予定もない。

「干しながらでいいから、聞いてくれる？」

「はい、どうぞ」

真喜子さんが典子さんに視線をやってから、口を開く。

「美月さん、自分のお店を開いたんでしょう。しかも、二十六歳で。結構早いよね？」

「そこまで珍しくはないと思いますけど……確かに早めかもしれません」

洗ったモップを物干し竿《ざお》に吊《つ》るし、私は補足した。他の人の開業が自分より遅いのは、資金を貯めるまで時間がかかっているからだろう、と。

幸いにも私には祖母の土地と家があったから、その分のお金が必要なかったのだ。

「どうして自分のお店をやろうと思ったの？　お店に勤め続けるんじゃなくて」

「うーん……お給料がそんなに高くないからっていうのもありますけど、自分の好きなお菓子を作りたいからっていうのが一番かも。お店に勤めたら自分の好きなようにはできないので。店で売るものは決まっているし、分業制だったから、割り当てられた作業をやるだけだったんです。おいしいお店でしたけど」

雑巾を干し終わった私は、真喜子さんに勧められてビーチチェアに座った。

真喜子さんは、ハンモックの典子さんの隣に座っている。

二人でちょこんと座っているのが、なにか、小さな女の子のようで可愛かった。

「不安には思わなかったの？」

重ねて真喜子さんが尋ねる。

「何がですか？」

「自分でお店を開くこと」

「不安がゼロだったって言ったら嘘ですけど……どちらを選ぶか、っていうことでしょう？　お金を失うかもしれないのを承知で自分の好きなようにやるか、自分で出費せずに指示されるものを作るか。私は自分のお菓子を作りたい、っていう気持ちのほうが強かっただけです」

会社に雇われるということは、すでに会社が持っているお金もうけのシステムを利用して、労働力を提供し、対価を得るということ。システムを使用している以上は、そのシステムの都合に合わせなくてはならない。

それが嫌なら、自分で自分にとって都合のいいようなシステムを一から構築しなければならない。

どちらにもメリットとデメリットがある。

真喜子さんが、典子さんの顔を見る。

典子さんはふるふると首を振った。

「無理だよ」

「どうして」

「やったことないもの」

「誰だって、やったことない状態から始めるんでしょ」

「専門学校も行ってないし」

「資格はいらないでしょ。許可や届け出は必要だけど」

典子さんは目を伏せている。

「お店を開かれるんですか？」

私は尋ねた。

真喜子さんが肩をそびやかす。

「そうしたら？　って私は思うんだけど」

真喜子さんが簡単に事情を説明してくれた。

「結婚しても、絶対に仕事は辞めるな」と真喜子さんから釘を刺されていたにもかかわらず、典子さんは結婚前から勤めていた会社を辞めてしまった。

産休制度はあったものの、結婚や出産を機に仕事を辞めることが慣例になっている古い体質の会社だったこと、娘が病弱で、家事・育児と仕事を両立するのが困難な状況になっていたことが原因だ。

歳の離れた夫の収入は多いし、娘が大きくなるまではと考えて、しばらく専業主婦をやっていた。

でも、職場でのトラブルを機に夫がストレスをこちらにぶつけてくるようになって、専業主婦でいるのは危険かもしれないと考えるようになった。それで、娘が中学生になったのを機に、夫の反対を押し切って再就職を目指した。

ところが、夫から「出勤は週に四日まで、十六時には帰宅」という条件を出されていたうえ、特別なスキルもなく、体力もない。社員としては採用してもらえなかった。

今はパートでスーパーのレジ打ちをやっているが、これだけでは母子二人どころか、自分一人だって生活はできない。

病弱だった娘は、今ではすっかり元気になり、現在、スポーツ推薦で入った県外の私立高校で寮生活を送っている。離婚することになったら、典子さんにはとてもじゃないが学費や寮費を払うことができない――。

「雇ってもらえないなら、自分でやればいいと思うんだけどね。幸い、旦那に『そんな額じゃ生活費にもならない』って言われて、パートで稼いだお金は手つかずだっていうし。それを元手にしてやれるでしょ。失敗のリスクはあるけど、リスクなら会社勤めにだってあるんだから、どうせなら好きなことをすればって思うんだけど。茶葉とかスコーン売って」

真喜子さんの発言に、典子さんが再び首を振る。

「そんなことできないよ」

「どうして」

「私なんか……経営のこともわかんないし、お菓子作りも勉強したことないし」

「今から勉強すればいいじゃない」

「私、四十すぎだよ」

「だから何よ。関係ないでしょ」

「私は真喜ちゃんとはちがう。そんなことできるわけない」

「でも、社員としては雇ってもらえないし、パートでは生活できないんでしょ」

「……そういうことはお金が貯まってからじゃないとできないよ」

私はビーチチェアの上で、エプロンドレスの裾をいじっていた。

やめたほうがいいんじゃないかなあ……。そう思っていた。

「やるか、やらないか」しかないのに、典子さんはやらない理由を次々に並べている。始めないことを正当化して、ただひたすらに、誰かが何とかしてくれるのを待っているようにも見えてしまう。

そういう人に、自営業は向いていないと思う。自分でやらなかったら、生活できないのだ。

母子家庭でばりばり生活費を稼いでいた真喜子さんが、そのことをわかっていないはずないと思うのだけど……。

典子さんの「でも、でも、だって」に困惑していたときだった。

「典子」

声が割り込んだ。

見ると、駐車場のほうから男の人が歩いてくるところだった。

典子さんの顔が青ざめる。

男の人は、五十代半ばくらいだろうか。ポロシャツにジーンズを身につけていた。すらりとした背の高い男の人だ。眼鏡をかけている。

「こんにちは、朽木《くちき》です」

男性は真喜子さんに向かって、申し訳なさそうに眉尻を下げた。

「すみません、突然押しかけてきて。義実家で、典子がここに行っていると聞いて」

真喜子さんが、さっと立ち上がる。

「初めまして、川端です。典ちゃんとは、小さいころからの友だちなんです」

「ご迷惑をおかけしまして。喧嘩したら、出てっちゃって……僕が言葉足らずでした。きちんと話し合います」

朽木さんは頭をかきながら、ひたすら恐縮していた。

「さ、典子、帰るよ」

朽木さんは妻に向かって、柔らかい表情を見せる。

典子さんはうつむいたまま、硬直していた。

真喜子さんが顔の前で両手を揃える。

「せっかく迎えに来ていただいたのに、ごめんなさい。明日まで典ちゃんを貸してもらえませんか？　うちの夫や義父も、典ちゃんが来てくれたからって、大宴会の準備してるんですよ。みんな典ちゃんに会いたがってるんです」

「……そうなんですか？　そんなに仲のいい人がいたんですね……」

「典ちゃんいないと困ります？」

「まあ、家のことが回らないので……」

「えーっ、典ちゃん、ごはんは作って冷凍保存してきたって言ってたじゃない、嘘だったの⁉　典ちゃんじゃないと洗濯できない、特殊な洗濯物とかあったの⁉」

真喜子さんが典子さんを責めるような口調で言うので、朽木さんのほうが慌てた。

「いや、あの、大丈夫です。一日二日なら……」

「そっか〜、よかった！　せっかく朽木さん来てくれたんだしさ、典ちゃん、仲直りしてきなよ〜！」

異常に高いテンションで言い、真喜子さんが典子さんを立たせる。

「では、失礼します」

朽木さんが、ぺこぺこと頭を下げて去っていく。

その後を、典子さんが幽霊のような白い顔で、とぼとぼとついていく。

朽木さんは感じのいい人だった。恐縮しつつも、おちゃめな感じもする。

「ちゃんと迎えに来てくれるんですね」

私が真喜子さんを振り仰いで言うと、彼女は「しっ」と口元に人差し指を立てた。

足音を忍ばせて、二人の後を追う。

「ええ？」

戸惑いつつ、私もその後を追った。

ホテルの南側にはちょっとした庭があり、さらにその南に宿泊客用の駐車場がある。

庭にあるベンチに二人は腰を下ろした。

「こっち」

真喜子さんが私に向かって手招きする。

離れに続く裏口からホテルに入り、私の居室の前を通りすぎる。リネン室と作業部屋の間にある細い廊下を、足音を忍ばせて進む。

廊下の突き当たりには窓があって、換気のためにそこを開けていた。

「――それならもう、学費も寮費も払わないよ」

窓の下にしゃがむと、男の人の声が聞こえた。

朽木さんの声だ。

いつも何の気なしに通っていた廊下だけど、ベンチの背後に位置していたのだ。

「どうして。千咲《ちさき》は関係ないじゃない」

怯《おび》えたような典子さんの声。

「だって、俺が生活費を稼いでくる代わりに、お前が家のことをやる約束だろ。お前が自分の役割をサボったんだから、俺だって金を家に入れる筋合いはないよ。千咲は、高校中退になるかもな。母親のせいで」

私は眉をひそめた。

話の流れはよくわからないけれど、一部だけ切り取ったセリフでも、これはアウトだって気がする。

「私だって働くって言ったのに……」

「お前が外で働けるわけないだろ、バカなんだから。実際、どこにも雇ってもらえなかったし」

朽木さんの声には、嘲笑の響きがあった。

隣でしゃがんでいた真喜子さんが、すいと立ち上がった。窓枠に手をかける。

「！」

私はびっくりして、反射的に真喜子さんの腕につかみかかった。

彼女は今にもかみつきそうな顔をしていた。

窓によじ登ろうとする彼女を止めようと無言で揉《も》み合《あ》っていたら、いきなり後ろから伸びてきた手が真喜子さんの口を塞いだ。

矢吹さんだった。

「ん～！　ん～!!」

「はいはいはい、どうどうどう」

暴れる真喜子さんを窓から引き剝がす。成人女性一人を軽々と脇に抱えて、矢吹さんは去っていった。

「年甲斐《としがい》については、俺も何も言えません……が！」

首を振り、矢吹さんは言った。

「真喜ちゃん、さっき、マジで殴りかかろうとしてたよね」

「してない」

離れのダイニングテーブルでふんぞり返り、真喜子さんが答える。

「蹴ろうとしただけ」

「勝算はおありで？」

「あんなもやし野郎、後ろから襲いかかれば一発だよ！」

「どこから飛んでくるかわからない剛速球の火の玉」、「戦闘民族」。全部本当だった。暴力で事を解決しようとするアラフォー弁護士、しかも「闇討ち上等」。

お茶を取りに来た頼子さんが、ため息をついた。

「私の後悔はいろいろあるが、あんたが望むままにあれこれ格闘技を習わせたのがその一つだよ。幼稚な性格に、暴力までついて……」

頼子さんは詳細を訊きもしない。

「いつものこと」だから、掘り下げようとも思わないのだろう。

「性格の半分は遺伝です〜！　しかも、絶対お母さんのほうの遺伝子！」

去っていく頼子さんに向かって、憎々しげに真喜子さんが言う。

「美月さん、感想は？」

窓際の椅子に座ってお茶を飲んでいた私に、矢吹さんが話を振る。

「……川端さんって、すごくないですか？　お母さんと二人暮らしで、影響されずに育って」

性格がちがいすぎる。

「あれも影響の結果だと思うけどねえ」

矢吹さんが笑い、真喜子さんが首をすくめた。

「『こうはなりたくない』って反動でまともに育ったの。つまり、私のおかげね」

川端さんが聞いたら猛然と反発しそうな発言だったけれど、幸いなことに、本人不在だ。

「あと……朽木さん、優しそうな人に見えたのに、典子さんと二人きりになったら別人みたいでショックでした」

あれは、俺の言うことを聞かなければ、子どもをひどい目に遭わせる、という脅しだった。娘さんは、自分の子どもでもあるはずなのに。

我が子や配偶者にひどい仕打ちをする人間が、男女の区別なく存在する、ということは知っていた。でも、実際に目《ま》の当たりにするのは初めてだった。

「知能の高いDV男は外面がいいんだよ。しかも、誰が見ても一発アウトの暴力は振るわない。あれだってDVに変わりはないけど」

忌々しげに真喜子さんが言った。

会社でのトラブルによってストレスをため、夫は変わったのだ。そう典子さんは説明していた。でも、それだけではないと真喜子さんは言う。典子さんのお父さんが亡くなって、典子さんのために怒鳴り込んでくる可能性のある人間がいなくなった。だから、そうなったのだ、と。

「美月さん、さっき典子の話聞いてて、イライラしたでしょ。『私なんか』『できるわけない』って卑屈で。あの子、昔から優柔不断なところはあったけど、あんな風に自分を卑下したりしなかった」

日常的に否定され続けているとああなるのだ、と彼女は言った。

すたすたと窓辺に近寄り、真喜子さんが窓を開けて呼びかける。

「典子」

見ると、典子さんが戻ってきていた。ぽつんと所在なげにハンモックに座っていた。

「……明日、帰らなきゃ」

ダイニングキッチンにやってきた典子さんは、しょんぼりとそう言った。

「『三日間、実家に行ってる』って書き置きしてきたんじゃなかったの？　なんで来たの、あの人」

真喜子さんの問いに、典子さんは声を落とす。

「放置したら、たぶん、うちの母や姉の心証が悪くなるから……。あと、単純に、許可を得ないで行動したのが許せなかったんだと思う……」

初めて会った日、お菓子の話をしていた彼女はあんなにも明るく楽しげだったのに、家庭の話をする彼女の表情は重くよどんでいる。

「典子」

相手を椅子に座らせ、真喜子さんがあらたまった口調で言った。

「あんたの価値を決めるのは、あんた自身だよ。あんたが、旦那に言われるままに、自分のことをバカで、何もできない人間だって思ったら、本当にそうなる。何も始められないし、何も学べない。旦那に依存するしかなくなる。誰かに何かを決めてもらうのは楽だよ。旦那は十歳も上で、二十歳そこそこのあんたには、すっごく頼りがいのある男だったんでしょう。最初は優しかったかもしれない。でも、頼り切った結果、こうなった。あんたがそうさせた、って面もないわけじゃない。言っておくけど、固定された人間関係が、自然と良くなることなんてないよ。ある日突然つきものが落ちて、旦那が優しい人間に戻るなんてこと、ない」

別に離婚しなくても構わない。でも、仕事に結びつく資格を取るとか、体力をつけてできる仕事を増やすとか、新しい技術を身につけるとか、何かしらのアクションを起こさなければ、現状は変えられない。

夫が出勤日数や時間を制限したのは、経済的な自立を阻むためだ。実際、娘や自分の生活を考えて、典子さんは身動きが取れなくなっている。典子さんのパート代を「生活費の足しにするまでもない」と評価することで、「離婚できない」という認識を強めさせる。典子さんは夫の目論見《もくろみ》通りに動いている。

そう真喜子さんは言った。

典子さんは泣いていたけれど、さっきまでとは少し様子がちがった。うつむいてはいなかった。

娘さんの学校生活を盾に取られたのが、効いたのだろうか。

「よし、とりあえず、店をやろう！」

戸口に寄りかかって立っていた矢吹さんが、手を打って言い出した。

「スコーンと紅茶を売る！　今月、土日は埋まってるから、下旬の平日かな。夏休みに入ったら、平日でも人は多くなるし。詳細は櫂くんと相談になるけど」

「え、ちょっと、待って。あと一か月もないよ！」

慌てたように典子さんが言う。矢吹さんがいぶかしげに問い返した。

「そうだけど？」

「そんなに急にできないよ！　お店のこととか全然勉強してないし」

うろたえる典子さんに、真喜子さんがすごむ。

「やるんだよ、あと三週間で」

矢吹さんもうなずいて続けた。

「あのねえ、万全の準備をしたいって気持ちはわからなくもないけど、万全の準備って、きりがないから。経営とか料理の勉強なんて、完璧を目指したらいつまで経っても終わらないよ。思い立ったが吉日、見切り発車でも始めちゃうのがいいんだよ。わからないことをフォローするために俺たちがいるんだし」

でも、でも……と半泣きになっている典子さん。

矢吹さんが重ねて言う。

「別に失敗してもいいじゃん、たいしたダメージじゃないよ。二週間のパート代で、十分補塡できる。たった一日の店なんだし。やってみて無理だってわかったら、それはそれで収穫でしょ」

窓際で黙ってお茶を飲んでいた私は、典子さんのスコーンを思い浮かべていた。

卵液を塗ったてっぺんは、香ばしいきつね色。狼の口、と呼ばれるぱっくりとした割れ目。

連想のように、思い出す。「キッチン　今日だけ」にある美しい備品のティーカップ。焼き菓子に比べてまだまだ信頼のない私の生洋菓子。そういえば、レストランの棚にはきれいなケーキスタンドもあった。かつて川端さんのおじいさんがレストランウェディングで使っていたという、つやつやしたプレート……

——また思いつきで、軽率に行動する！

幾度となく母にたしなめられてきた。

自分一人のことだから、これまではあまり気に留めていなかった。その軽率さが、成功に結びついていたこともあったから。

今回は人を巻き込むことになる。さすがに躊躇した。

でも、やってしまうのだ、結局。

「典子さん」

私は口を開いた。

「七月二十三日の土曜日、スコーンと紅茶を売りませんか」

三人が驚いたように私を見る。

「この日、月に一回の店頭販売で、厨房とカウンター周辺を押さえてあるんです。客席は空いているから、典子さんが出店したかったら、そっちを押さえてもらって、販売スペースを広げられる」

典子さんの分まで費用を負担したりはしない。仕事を世話することもない。

そこまでのおせっかいはしない。

でも、一緒にやることで、私が持っているノウハウを伝えられる。新しいことを始めるハードルを少しだけ下げられる。

「あと、これは絶対赤字になるので、それを覚悟でお付き合いいただけるなら、って条件付きなんですけど……」

小声で前置きをしてから、私は言った。

「めちゃくちゃ可愛くておいしいアフタヌーンティーをやりたいです！」

五日間のバケーションを終え、真喜子さんは大阪に帰っていった。

「典子をよろしくね」

優しい目で、私にそう言った。

典子さんは、平日の午後、「キッチン　今日だけ」が空いている時間帯を予約して、スコーンを焼きに来た。

オーブンに慣れるための練習と、食品表示ラベルを作成するのに必要な計量のためだった。

プレーン、全粒粉、くるみ入り。数種類のスコーンを焼き、プラムやブルーベリーのジャムも炊いていた。

川端さんに言われてすぐに食品衛生責任者のオンライン講習を受けていたし、表示ラベルの作り方も、私が教える前にちゃんと自分で情報収集している。

とても楽しそうだったし、生き生きしていた。

気がかりは一点だけ。

「夫には内緒でやります。絶対反対するから。私が新しいことを始めたり、友だちと会ったりするのも嫌がるので……」

典子さんは小さな声で言った。

私にはわからない。

朽木さんは、こんな生活が楽しいのだろうか。奥さんは、自分の顔色をうかがって、やりたいこともできない。寮に入っている娘さんだって、もう高校生なのだから父親がどういう人間か、わかっているはず。自分に対して怯えている相手、信頼関係が築けない相手との暮らしが快いのだろうか。

「別れればいいじゃん、とか軽々しく言わないように」

矢吹さんには釘を刺されていた。

もちろん、そんなことを典子さんに向かって言ったりしない。二十年もパートナーとして一緒にすごしてきた相手なのだ。私にはわからない事情もあるのだろうし、人生や家庭を一緒に運営していこうと誓った人と別れるというのは、簡単なことではないのだろう。

朽木家のことは考えないようにして、私はせっせとお菓子を作った。

通販用の焼き菓子だけでなく、店頭販売用の生洋菓子も試作する。お盆の帰省シーズンに合わせて、そろそろ夏のクッキー缶の中身も決定したい。

今回は、典子さんにとっては初めての出店。彼女のお店としては、ひとまずスコーンのテイクアウト販売を最優先にする。アフタヌーンティーをどうするかは、しばらく様子を見てから決める予定だった。


まだ梅雨は明けないけれど、七月に入ってから雨の降らない日が増えてきた。

夕刻、私は裏庭のプランターをのぞいた。

コスモスの種をまいたプランターだ。

五日前、水にひたしてから種をまいたけれど、まだ発芽の気配がない。

気になって何度も土を払って種の様子を見てしまう。

矢吹さんいわく、やっぱり発芽の可能性は薄いのだそうだ。

植物の種類によっても異なるけれど、一般的には収穫してから時間が経てば経つほど、発芽する力はなくなっていく。コスモスは長命なほうではあるけれど、それでも種の寿命は三、四年。

蓮のようにはいかないらしい。

「見つめる鍋は煮えない、って言うでしょう。そんなに毎日触ってちゃだめですよ」

プランターの前にしゃがんでいると、川端さんに言われた。

木の水やりをしていた彼は、近づいてきて私の手元を見る。

「普通、何日で発芽するものなんですか？」

立ち上がり、私は汗を拭って尋ねた。

「ほんとせっかちだなあ……。決まってませんよ。新しい種でも、条件が揃わないと芽が出ないんだから」

川端さんが小さく笑い、手を伸ばして私の額を指先で払った。

土を触っていたのを忘れていた。

「川端さん」

私は顔を上げて、彼の目を見た。

「アフタヌーンティー、やっぱりやることにしました」

久しぶりに目を見て話した気がした。このところ、ずっと気まずさを抱えていたから。

彼がうなずく。

「小花さんも、イートインは初めてですね」

「はい」

一呼吸おいて、私は言う。

「色味をイエローとグリーンにできるだけ揃えて、夏らしい、目にも涼しいセットにするんです。典子さんの炊くジャムは、ブルーベリーとプラムの二種類。プラムは皮を剝いてるから、オレンジ色。私の作る生洋菓子も、レモンタルトと、黄桃のロールケーキと、ピスタチオのムラング・シャンティ。焼き菓子も、オレンジとヨーグルトのサブレとか、青梅とアーモンドのケーキとか」

私の得意なアイシングやエディブルフラワーのお菓子も、きっと見た目を華やかにしてくれる。

「典子さんのスコーンはおいしいし、私のお菓子は可愛い。あとは、おいしくてきれいなサンドイッチがあれば完璧」

私はじっと川端さんの顔を見ていた。

夏至をすぎて夜の時間は長くなっていくはずなのに、十八時をすぎてもまだ明るい。十九時近くになってようやく夕闇が降りてくる。

「川端さん、作りませんか？」

彼は怪訝《けげん》な顔をした。

「丸投げは困ります。『スタッフのアシスト』、メニュー決めのときから入れると高くなりますよ」

「いいえ、『スタッフのアシスト』じゃなくて……川端さん個人に、言ってます。一緒に出店しませんかって、お誘いしてるんです。ほぼ赤字確定ですけど」

「……」

川端さんの顔から表情がなくなっていく。それを見たら、さすがの私もひるみそうになった。

優しく微笑みかけてくれる人を怒らせるのは、とても怖い。

低い声で川端さんが尋ねる。

「……僕が話したこと、忘れたんですか」

「いいえ」

「味も匂いもまだ完全に戻ってきてないって、言いましたよね」

「はい」

「なのに、どうして」

怒りはもっともだった。

自分で味のわからないもの、価値を保証できないものを、売り物として出せなんて、プライドを持って仕事をしている人にとっては許しがたいことだろう。

努めて静かに、私は答えた。

「私が今まで食べたサンドイッチの中で、いちばんおいしかったのが、川端さんの作ったものなので」

川端さんの唇が動く。声が出る前に、言った。

「繊細な味が調整できないんですよね。あなたのベストじゃないのは知ってます。でも、私は最高においしいと思ったし、私にも、きっと典子さんにも、あれは作れない。おいしいスコーンに、おいしい焼き菓子とケーキに、おいしいサンドイッチが揃ったら最高じゃないですか。あなたが出してきたものだけ見て、お誘いしてます。菓子職人として、経営者として」

川端さんはまっすぐ私の顔を見ていた。怒りのせいか、目がどんどん澄んでくるような感じがする。

どちらが先に目をそらすかの戦いのようになってきた。

私は重ねて訊いた。

「――やりたくないですか？」

「やれますか？」ではなく、気持ちを訊いた。

やりたいでしょう、知っています。そう思っていたけれど、それは言葉にせずに。

先に視線を外したのは川端さんだった。

彼は天を仰いで、大きく肩で息をした。

そっぽを向いたまま、左手で自分の髪をめちゃくちゃにする。

「何なんですか、あなた」

吐き出すように言ってから、私の顔に視線を戻した。

「あの母ですら、腫れ物に触るような扱いだったのに。矢吹さんだって、そんなことしませんよ」

「真喜子さんと矢吹さんが愛してるのは、料理の腕じゃなくて、川端さんですからね」

私はちがう。川端さんがままならない身体《からだ》に苦しむことに、胸を痛めたりしない。技術しか求めない。自分たちが持っていない技術が必要で、それを持っている人がたまたまいたから、要請したのだ――。

そう言った。

このホテルに、他に料理人はいない。これができるのは、私だけだ。同業者としての立場と、お菓子のことしか考えていない頭と、ずうずうしさ。私が彼に差し出せるものは、このくらいだった。

「それに、私をここに誘ったのは、川端さんですよ。いずれこうなるって、わかってましたよね。私みたいな人間が身近にいたら、そのままじゃいられないって」

ほぼ同業の、歳の近い、好き勝手に生きている人間。

影響されて、やりたくなってしまうに決まっている。結果、以前のようにはできないことを思い知らされて、苦しむことになる。

それでも私を誘ったのだ。本人が意識していたかどうかはわからないけれど、何かしらの変革を求めていたはずだ。

「そんなこと考えてませんよ。あのときは、小花さんの見た目の可憐さに目がくらんだんです」

「すぐそうやってモテ男発言する!!」

ごまかされているようで腹が立ち、本気で叱責してしまった。

川端さんが再び大きくため息をついた。

無言で、再び水をまき始める。

数分経ってから、彼はようやく口を開いた。

「……明日から毎日、食事がサンドイッチになりますけど」

私は微笑みを返した。

「大歓迎です」

「あなたが僕の舌の代わりですからね」

「頑張ります」

「あ〜、ひどい人に出会ってしまった」

「そのうち、私に出会ってよかったって思うようになりますよ」

根拠もなく断言する。「そのうち」に期限はないのだから、言った者勝ちだ。

「どこから来るんだろう、その自信は……」

川端さんはぼやいた後で、あきれたように笑った。

アフタヌーンティーを提供するなら、当然、紅茶とスコーンを担当する典子さんが中心になる。

「たった一日でも、屋号をつけたら気分も盛り上がるし、宣伝しやすくなりますよ」

そう私が勧めたのだけれども、典子さんはよい屋号が思いつかないと言って、「アフタヌーンティー7／23」というそのままの名前をつけた。

七月二十三日、たった一日だけのお店。

世の中は、私のように「自分のお菓子！　自分の店！」という我の強い人間ばかりではない。たった一日だけの儚い名前だと思ったほうが気楽にやれる人もいるのかもしれない。

「櫂くんがやるの!?　『今日だけ』のスタッフとしてじゃなくて？　どうしてそんな話に？」

矢吹さんはひどく動揺していた。

川端さんは「二十三日の日曜の午後、休みをいただきます。典子さんと小花さんと出店するので。矢吹さん、代わりにホテルにいてくださいね」と事務的な伝達をしただけなのだという。

「うーん……私が無神経で愛情深くないからですね……」

私の説明に、矢吹さんが憤る。

「そういう禅問答みたいなの、やめて！」

結局、私の「ベストは求めてないから、私のおいしいと思ったアレを作って」という無神経な要求が、たまたま「やりたいが、自分の望むようにはやれない」という川端さんの葛藤と利害の一致をみただけだった。彼の生真面目さやプライドの面から、他者にそれを説明するのは難しい。

矢吹さんは納得していないようだったけれど、二十三日のホテルを「満室」扱いにして、予約の受付を締め切った。川端さんが店に集中できるようにするためだろう。

予告通りに川端さんは、毎日サンドイッチを作った。

「『全部おいしい』はダメですよ」

と釘を刺され、私は千本ノックのような攻撃を受けた。

同じスモークサーモンのサンドイッチでも、微妙に味やパンとのバランスがちがう三種類を出される。そのちがいや、他のサンドイッチとの取り合わせの良《よ》し悪《あ》しを説明しなければならない。

初めて私は、味や食感を数値化したり言語化したりすることを覚えた。

これまでは、自分一人でお菓子を作っていたから、全部「何となくこっちのほうがおいしい気がする」で済ませていた。でももし、この先、店を大きくして人を雇うことを考えるなら、そういう能力は必要だった。

そう思ったことを話すと、川端さんは穏やかに微笑んで言うのだった。

「そうですか、お役に立ててよかった。――それにしても小花さん、これでよくイートインやろうと思いましたね」

彼がコメントしたのは、私が盛り付けた二枚のお皿についてだった。

一番上に置く焼き菓子やケーキのお皿と、中段に置くスコーンのお皿。

宣伝用の写真を撮るために、初めて三人の作ったものを合わせてアフタヌーンティー用のケーキスタンドにセットしてみた。

典子さんの焼いたスコーンは、香ばしく色づいていたし、形も美しい。私の作った小さなロールケーキは可愛らしく、レモンタルトの色味も夏らしい爽やかさ。――なのだけれど、お皿に盛ったときにいまいちぱっとしないのだった。

これまで、自分の作るお菓子は全部パッキングしていた。つまり、お皿に見栄え良く盛る技術がない。

川端さんが、スコーンやお菓子を並べ替える。高さに変化が出たせいだろうか、たちどころに見映えがよくなった。

「わあ、すごい！」

典子さんが感嘆の声を上げる。

川端さんはお皿で料理を出す店にいたから、盛り付けのセオリーが身についているのだ。実際、彼の作ったサンドイッチは、お皿の大きさから精密な計算をしたのではないか？　と思えるような大きさで、美しく余白を生んでいる。

再現できるように写真を撮ってから、私は典子さんに言った。

「川端さんにお願いしてよかったですね」

「顔！　少しは隠して！」

即座に川端さんに注意された。悔しさが全面に出ていたらしい。

同業者として向かい合った途端、川端さんは微妙にマウントをとってくるし、私もそれに対して必要以上に腹を立ててしまうのだ。

そんなふうに、できないこと、苦手なことを思い知らされる二週間だったけれど、新しいことをするのはやはりわくわくした。

あれも作りたい、これも売りたいと夢はふくらむけれど、採算が取れるラインを考えて、「小さく、小さく」を心がける。紅茶も典子さんの選んだ三種類だけ。二人用のアフタヌーンティーのセットを中心にして、それを切り分けるようにスコーンと紅茶のセットや、焼き菓子と紅茶だけのセットを展開する。「小花菓子店」のテイクアウト用のお菓子はいつも通りに用意して、典子さんのスコーンも初めて売る。

川端さんのサンドイッチも単独で売りたかったけれど、本人からは「十四時開店ですよ。やめましょう」と却下された。食事どきではないので需要が少ないというのと、初めてイートインとテイクアウトの両方をやるので、人手に余裕を持たせておいたほうがいいという判断だった。


このところ、毎日一回はコスモスのプランターの様子を見ていた。

「芽が出る」というのは、そのまま植物の芽生えを表す言葉だけど、「幸運が巡ってきて、成功のきっかけになる」という意味もある。

いつの間にか、コスモスが発芽するかどうかで、「アフタヌーンティー7／23」が成功するかどうかを占うような気持ちになっていた。

私は全然信心深くないし、普段は占いにも興味がない。

プレッシャーを感じているのかもしれなかった。

というのも、これまで私は一人で「小花菓子店」をやっていたから、成功も失敗も全部自分次第だった。失敗しても自分がダメージを受けるだけで済むから、ある面、気楽だった。

でも今回は、典子さんや川端さんのチャレンジも兼ねている。大失敗は避けたい、と思ってしまう。

十日以上経っても、プランターには芽生えの気配がない。

植物の種は眠る。条件が揃わないときに発芽してしまったら、成長できずに命が無駄になる。だから、発芽の条件が揃わないときには眠ってしまう。

でも、永遠に眠り続けているわけにはいかない。種にも寿命があり、タイミングが合わずに眠ったまま死んでいく種子もある。

どうせなら、芽の出る可能性の高い新しい種子で占えばよかった。どうして「可能性が低い」と言われた種子でやってしまったのだろう。

珍しくぐずぐずと益もないことを考えていると、典子さんが言った。

「楽しい三週間でした」

出店前日の夜、厨房の作業台でスコーンを袋詰めしているときだった。

「まだ終わってませんよ。本番は明日」

同じく焼き菓子を詰めながら、私は答える。

「ええ。でも、明日、もしお客さんが来なかったり、売れなかったりしても、そんなにがっかりせずに済むかも。これまでが楽しかったから、十分お釣りが来るくらいで」

パッケージに貼った商品表示ラベルを撫でて、彼女は微笑んだ。

シールは大きめのロットで私が購入していたので、それを有料で彼女に譲り、フォーマットのデータもあげた。

「製造者」の欄には、典子さんの名前。

「もちろん、美月さんや燿くんの助けがなかったらできないこと、いっぱいありましたけど……自分の名前で何かをやったこと、ものすごく久しぶりでした。いつも、『妻』とか『母』の立場でしか、人と付き合ったり、物事と向き合ったりすること、なかったな……って」

大きくため息をつき、彼女は目を伏せる。

「ずっと、夫のため、娘のため、って家族のことしか考えてませんでした。外食しても子どもの食べ残しを食べてたし、私が好きでも家族が好きじゃないものは作らなくなったし……夫や娘にそうしろって言われたわけでもないのに、自然とそうなっていって……。自分が全然ない状態でした。世界が家族だけで成り立ってて、娘が家を出て、夫と一緒にいるのが辛《つら》くなったら、私の世界が終わっちゃうんじゃないかって恐ろしかった」

私はうなずいて聞いていた。

でも、正直なところ、典子さんの言っていることをちゃんと理解しているかどうかはわからない。私はまだ、誰かのために生きるという経験をしたことがなかった。

「どうしても、そうならざるを得ない時期ってあると思うんです。子どもが小さいときとか、夫がすごく忙しかった時期とか。でも、ずっとそうじゃなきゃいけない、ってわけでもないいんですよね。そのことに、私は気づかなかった……というか、気づかないふりをしてたのかも。そっちのほうが楽だったから」

典子さんは静かに語った。

お菓子作りが好きだった。ケーキ屋さんになりたかった。でも、親に「普通の高校に行って、普通の会社に勤めたほうがいい」と言われただけで、諦めた。昔から引っ込み思案で、自分に自信がなかったから。我を通してリスクを取ることができなかった。

真喜子さんに言われた通り。「お前の役割だ」と与えられたものをこなしているほうが、楽だった。夫に決断を任せ、責任は決断した夫にあると考えて、四十すぎまで生きてきてしまった。

「今回、夫に黙って、家族と関係ないとこでお茶仕入れて、スコーン作って。何か、目からウロコが落ちたというか、家庭以外にも私の世界はあったんだって思いました。夫が私の全てじゃないと思ったら、いつも通りに夫に嫌なこと言われたりされたりしても、あんまり気にならなかった」

典子さんの表情は穏やかだった。口調も落ち着いている。

「だから、私の中ではこのお店は十分成功です。真喜ちゃんが、売れ残ったらハイティ――夜のお茶にしようって言ってくれたし」

自分の分の梱包を終え、私は言った。

「私みたいな小娘が言うのも何ですけど……日本の平均寿命、八十歳超えてますよね。まだ半分だもの、これから新しいこと始めたって、全然遅くないでしょう。ケーキ屋さんは、今からだってできます」

昔の夢を、これから実現したっていい。夢は、大人になってすぐに叶えなきゃいけないわけでもない。

定年退職してから喫茶店を始めた人だっているし、突然方向転換して蕎麦職人を志した人もいる。一般的なルートに乗れなかったとしても、自分にできる別のやり方を探すこともできる。

「まだそこまでの踏ん切りはつかないんですけど……今はケーキ屋さんより、スコーンのお店がいいです」

典子さんは、はにかんだように小さく笑った。

彼女に対するネガティブな印象はもう残っていなかった。前向きなエネルギーは人を惹きつける。

日曜日の十四時、「アフタヌーンティー7／23」は開店した。

告知や宣伝は「小花菓子店」と「キッチン　今日だけ」で行《おこな》ったのみ。そこまでたくさんお客さんは来ないだろうという予想だった。

毎回出店のたびに来てくれる常連さんが焼き菓子を買いに来てくれて、そのうちの何人かはアフタヌーンティーを頼んでくれた。

スコーンと焼き菓子は事前に大量に用意しておいた。サンドイッチと生洋菓子は、事前に仕込みだけしておいて、直前の一時間で仕上げる。

人数が多くなくても、やはりテイクアウトとイートインの同時進行には慣れていないので、最初はやっぱりドタバタした。

そこは川端さんが慣れていて、全体の状況をきちんと把握してフォローに入ってくれる。

典子さんは、よくも悪くもマイペースだった。注文が立て込んでも、じっくり紅茶を蒸らしている。

美しいアーチ窓のステンドグラス、重厚な柱の意匠に明るい日差し。

普段自分一人で店をやるときは厨房とカウンター付近しか使わないけれど、客席もフル活用すると本当に建物の良さが際立つ。

笑いさざめく声と紅茶の良い香り。

スタンドにセットされた三段のアフタヌーンティーセット。

私の作るお菓子は美しいと自画自賛している私だけど、こうしてお皿に盛り合わせるといつもとは別の魅力が引き出される。

「手伝えることがあったら言ってね」

進藤さんが祐太郎くんと葵さんと一緒にお客さんとしてやってきて、声をかけてくれた。

「ありがとうございます。ピンチになったらお会計をお願いするかも！」

いざというときに助けを求められると思うと心強い。

「祐太郎くんもポストカードをありがとう。素敵だったよ」

私は小声で言った。

「なになに？」

顔を寄せる葵さんに、ぼそぼそと裕太郎くんは説明する。

私は初めて彼に仕事を依頼したのだった。今日出すアフタヌーンティーセットの写真をもとに、デザイン性のあるポストカードにしてもらったのだ。これを典子さんにあげるつもりだった。

イラストには、写真では出せない、夢のような可愛らしさがあった。

夫の朽木さんはあんなふうだったし、飲食店を開くことは、今すぐお金が必要であるという状況を決して解決しない。ここで一日お店をやったからと言って、彼女の悩みが解消するとは思わない。

でも、初めて自分の名前で物を作って売った楽しい思い出が、彼女の人生を切り開く原動力になると思ったのだ。


十五時半を少しすぎたころだった。

十六時に焼きたてのスコーンを出すと事前に告知していたので、典子さんは大忙しだった。

客席には三組ほどのお客さんがいた。一通り注文をとって、今は紅茶待ち。厨房で川端さんはてきぱきとサンドイッチを盛りつけていた。

ふと見ると、かつてサンルームだったレストランの南側、大きな窓からこちらをのぞいている人が見える。

朽木さんだった。

目が険しい。

私ははっとして典子さんを見る。

彼女は厨房でスコーンの準備をしていて、夫の存在には気づいていない。

私は焦った。

気づいたら、典子さんが動揺してしまう。萎縮してしまう。

素早くレストランを出て、ホテルのフロントが見える位置まで走った。

フロントにいた矢吹さんに合図を送る。特にサインを決めていなかったので、ひたすら外を指さす。

「何ですか⁉ その格好！」

フロントから出てきた矢吹さんを見て、思わず言ってしまった。

「いいから、いいから！ テラス席一丁！」

矢吹さんにうながされ、レストランに戻る。

しばらくすると、窓の外のテラス席に、三人組がやってきて座った。

矢吹さんが窓越しに手を振る。

「何ですか、あのチンピラ夫婦」

厨房から出てきた川端さんが、眉をひそめた。

「典子さんの旦那さんが来ちゃったんです」

小声で短く返し、私はお冷を用意して、注文をとりに出かけた。

「いらっしゃいませ」

ドアを開けて、テラスに出る。

「おー、三人ね。よろしく！」

サングラスをかけ、シャツの胸元をはだけた矢吹さんが片手を挙げる。

胸元には、じゃらじゃらした鎖みたいなネックレス。

「私、アフタヌーンティー」

黒いワンピースにサングラスをかけた真喜子さんが、煙草《たばこ》の煙を吐き出しながら言う。

二人とも柄が悪すぎる。

私は笑いそうになるのを我慢しながら、すました顔で言った。

「お客さま、当店は禁煙でございます」

「あら、そう？　ごめんなさいね」

言いながら携帯灰皿を取り出し、煙草を押しつける。

二人の間で、朽木さんは小さくなっていた。矢吹さんの腕に肩を抱かれている。

「あの、暑いんで……」

小さな声で朽木さんが言う。

椅子にふんぞり返った矢吹さんは、大きな声で答えた。

「いいじゃん、いいじゃん。えー、なんだっけ？　マサミチ？　典子の旦那なんだろ？　もう俺の友だちじゃん」

「あの、私のほうがだいぶん歳上……」

「あ？」

「いえ、何でも……」

朽木さんは何度も小さな抵抗を見せるけれども、矢吹さんにあっさりその芽をつぶされてしまう。

親しみをこめたざっくばらんな態度にちょこちょこ脅しを入れる、その振る舞い方がやけに板についている。

「健ちゃんもアフタヌーンティーでいい？」

真喜子さんの口調はいつも通りで屈託がない。

「いいよ、マサミチはどうすんの」

「いや、お茶だけで……」

「えー？　なんで？　朽木さん、典ちゃんの作ったスコーン、食べないの？」

「アフタヌーンティー三人前」

矢吹さんが勝手に注文した。

「ケーキスタンドがお二人様用なので、プレートでのご提供になりますが、構いませんか？」

「オーケー」

「紅茶はポットで提供いたしますね。三種類からお選びいただけます」

メニューを指して私が言うと、今度は真喜子さんが勝手に決めた。

ふと見ると、朽木さんの前には「川端真喜子」と書かれた名刺と、「離婚」「相続」といった文字の踊るチラシが置かれていた。

「私の息子のサンドイッチ、おいしいんですよ。サンドイッチ界のナンバーワン」

真喜子さんが朽木さんに笑いかける。

口調は無邪気なのに、サングラスと黒いワンピースを身につけて脚を組んでいる姿はとても一般人には見えない。

朽木さんは店内に背中を向けた形で座らされたので、典子さんから顔は見えないだろう。ひとまず安心だ。

「柄が悪すぎますよ。営業妨害です」

厨房でサンドイッチを盛りつけながら、川端さんは苦々しげに言った。

確かに、可愛らしいアフタヌーンティーを期待してやってきたお客さんが、あの二人を見たら、逃げてしまうかもしれない。テラス席だけ、異様な不穏さを醸しだしているのだ。

焼き菓子をセットして、私は答える。

「でも、ああいう単純な脅しが効くんじゃないですか。たぶん、朽木さん、典子さんを守る人がいなくて圧倒的に自分が強い立場だから、やってるんでしょうし」

「弁護士とチンピラがついてる」というだけで、態度を変える人だっているのだ。

「それにたぶん、あれは典子さんのためだけじゃないですよ」

私が言うと、川端さんは眉を寄せた。

「知ってますよ」

川端さんの手が、スコーンのお皿にプラムのソースできれいなドットの列を描く。

三人前のアフタヌーンティーはスタンドを使えないので、その分、プレートへのデコレーションで華やかさを出しているのだ。

彼はため息をついて、続けた。

「僕はもうすぐ二十九なんですけどね」

いくつになったって、息子が苦しい状況に陥れば心配なのだ。真喜子さんも、矢吹さんも。

川端さんの再チャレンジを、絶対に朽木さんに邪魔させたくなかったのだ。


閉店時間を迎えると、矢吹さんが店の中に入ってきた。

「ようよう、お疲れ！」

肩を組んだまま、朽木さんを引きずるようにしている。

「雅通《まさみち》さん……」

典子さんは驚いていなかった。

矢吹さんと真喜子さんの顔は店内からも見えていたし、背中を向けているのが夫だというのにも途中で気づいたのだろう。

「典子のことが心配で見に来たんだよな？」

チンピラモード続行中の矢吹さんが、ばんばんと左手で朽木さんの肩を叩きながら言う。

朽木さんは無言だった。無表情で妻を見ている。

妻への怒りと、チンピラ夫婦への恐れの間で、どういう顔をしたらいいのかわからないのかもしれない。

「ありがとう」

典子さんは、ぎこちなく夫に笑いかけた。

「片付けがあるから、先に帰ってくれる？　夕飯は冷蔵庫に用意してあるから」

典子さんはわかっているのだ。

「心配で見に来た」が嘘だということも、夫が自分の許可もなく好きなことをやっている妻を許せずに来たのだということも。

朽木さんはまだ黙っている。

「二十時には帰るから」

静かに典子さんは重ねて言った。

彼女の世界を構成するものは、夫と娘だけではなくなった。

「……わかった」

朽木さんはそう答え、去っていった。

「そろそろお母さん起きてくるころじゃない？　ごはんにしようよ！　シャンパン買ってきたんだよ。初出店のお祝いだよ」

真喜子さんがうきうきと言う。

「義父が送っていきますから、飲んでも大丈夫ですよ」

川端さんが典子さんに向かって言った。

「えっ、チチって俺⁉」

矢吹さんがすっとんきょうな声を上げると、川端さんが少し嫌そうな顔をした。

「一応、チチでしょ……」

「一応じゃないよ、そっか～！　いや、まいったな～」

くねくねと身をよじる矢吹さんに、川端さんが言った。

「気持ち悪いからやめてほしいんですけど……」

「またー！　櫂くんは、そういうこと言う～！」

真喜子さんが早くもテーブルにつき、両脇の椅子をたたいた。

「ほら、典子も美月さんも、座りなよ。ねえ、櫂、サーモンのサンドイッチ、もっと食べたい！　材料余ってない？　あと、海老と卵のサンドも作ってよ」

ため息をつきつつ、川端さんは矢吹さんに尋ねた。

「向こうの冷蔵庫、卵まだ残ってました？　海老は確か、冷凍のがあったはずですけど」

「あるある、取ってくるよ」

「手伝います」

「わたしも」

私と典子さんが慌てて立ち上がろうとしたけれど、真喜子さんに止められる。

「いいの、いいの。今日は男衆に任せて」

「いつもでしょ」

文句を言いつつ、川端さんは厨房に入った。

「お疲れ様でした。私からのプレゼントです」

私は祐太郎くんのポストカードを典子さんに差し出した。典子さんが絵を見て目を丸くする。

「わあ、可愛い！　え、これ、今日のアフタヌーンティーセット？」

「いいでしょう。これは知り合いのイラストレーターさんが書いてくれたんです」

「これ、あの絵と同じ人？」

真喜子さんが、壁の絵を指さす。

「そうです。よくわかりましたね」

私は典子さんに顔を向けた。

「スコーンもたくさん売れたし、大成功ですよ。これは記念品」

「はい。すごく楽しかった。ありがとうございます」

典子さんは抱くようにして、胸にポストカードをあてている。

自己評価の低さゆえなのか、彼女がテイクアウト用のスコーンにつけた値段はひどく安かった。原価ギリギリだったのではないだろうか。完売したのはそのせいもあったと思う。

テイクアウト分は完全に製造者のものだから、典子さんが好きにすればいいのだ。それでも、私と川端さんは猛反対した。シェアキッチンの利用料やパッケージにかかる費用を考えると、テイクアウト分まで赤字になってしまう。

でも、結果的には良かったのかもしれない。彼女にとっては「利益を出す」ということよりも、「たくさんの人に買ってもらえた」というわかりやすい結果のほうが嬉しかったのだろう。

「お母さん、待ってた～！」

矢吹さんと一緒にやってきた頼子さんの手元を見て、真喜子さんが声を上げる。

頼子さんの手にはシャンパンの瓶。

矢吹さんがグラスを持ってきて、シャンパンを注ぐ。グラス一つだけを手に、矢吹さんは厨房へ向かった。

「自分で店をやるなんて、典ちゃんも立派になったもんだよ」

椅子に座り、頼子さんが笑顔を見せる。

「自分一人じゃできませんでした。美月さんと櫂くんがいてくれたから」

「これで流れはわかったんだから、次は一人でもできるさ」

「そうでしょうか……」

チーズクッキーをつまみにグラスを傾けながら、真喜子さんが言った。

「あんたには弁護士もチンピラもついてるし、プロのパティシエも料理人もホテルのオーナーもいるんだから。旦那とバトルするにしろ、新しいことを始めるにしろ、頼れるものには頼ればいいんだよ」

早くも酔っ払っているのか、真喜子さんは、

「離婚することになったら、あたしがあのもやし野郎から千咲の養育費をむしり取ってやる、安心しな！」

などと威勢のいいことを言っている。

私と典子さんが、レジアプリのデータをもとに精算処理をしている間、頼子さんと真喜子さんは顔を寄せ合い、厨房を見ながら何やらささやき合っていた。

矢吹さんは、厨房の作業台で野菜を切っているらしい。作業を止めたかと思うと、左手でトマトを掲げ、川端さんに声をかける。

コンロに向かっていた川端さんは、シャンパンを飲んでいた。

矢吹さんに呼ばれて振り返り、厨房の奥のほうを指さす。珍しく大笑いしていた。

彼も今日は楽しかったのだな。

私は安堵とともに、胸の痛みを覚える。この先、彼につらいことが起こらないように、

祈りたいような気分になる。

外はすでに夕闇に沈んでいたけれど、花の形のシャンデリアの灯《とも》る室内は明るい。

かつてオーベルジュとして特別な場を演出していたレストラン。

頼子さんと真喜子さんは、シャンパン片手にうっとりと厨房を眺めている。その優しい眼差しを見て、思い至った。

――特定の誰かに貸しっぱなしにしたほうが、絶対に楽なんですよ。収益も安定するし。

――訳あって、ここを特定の誰かにずっと貸すのも避けたいんですよ。

いつか川端さんが口にしていた言葉。矢吹さんが、進藤さんに向かって告げたという説明。

ああ、そうだったのか、と思った。

彼女たちは、矢吹さんは、オーベルジュを終わらせたわけじゃない。

ただ、眠らせて、待っているのだ。いつか、川端さんが再び料理人として厨房に立てるようになる日を。

彼が望んだときにいつでも再開できるように、亡くなったおじいさんの店を守っている。

余計なプレッシャーにならないように、「誰かのチャレンジを応援する」という形をとって。川端さんのチャレンジの場にもなれるように。

今日は、眠っていたオーベルジュがほんのちょっぴり片目を開けた、記念すべき一日だ。

最初から足が出ることは覚悟していたけれど、予想以上の赤字になってしまった。やっぱり生洋菓子とイートインの掛け合わせは冒険しすぎだった。

でも、私は後悔していない。

アフタヌーンティーの試作をする中で、いろんな焼き菓子を新しく作れたし、学ぶことも多かった。何より、楽しかった。損失だって、いずれは今回の学びによって回収できるだろう。

「アフタヌーンティー7／23」の出店から三日後。

庭にモップと雑巾を干しに行った私は、何の気なしにコスモスのプランターをのぞいた。しばらく雨が続いていたので、水やりもしていなかった。

「わっ！」

思わず声を上げる。小さな双葉がいくつも出ていた。

「すごい、たくさん……」

プランターの土にはずっと緑の「み」の字もなかったのに。

コスモスの種たちは死んでいたわけじゃなかった。七年間、眠っていただけ。浅い眠りに浸っていただけで、環境が整えばちゃんと目覚めるのだ。

出店の日には間に合わなかったけれど、ちゃんと芽が出た。

出店後の成功を示してくれているとも言える。むしろよかったかもしれない。

「見ました？　コスモス、発芽してましたよ！」

離れのダイニングキッチンに川端さんの背中を見つけ、私は窓越しに声をかけた。

コンロに向かっていた彼が振り返り、窓際にやってくる。

窓からプランターを見下ろした彼は、私に視線を移した。

「気づきませんでした。よかったですね」

その笑みをたたえた眼差しと、声音。

なぜなのか、自分でもわからない。ピンときてしまった。

私はむっとして言った。

「……川端さん、新しい種をまいたんですね」

私が何回も土をいじって気にしていたから。

よくよく考えれば、二週間以上無反応だったのに急に芽が出たのはあやしい。

「まいてませんよ」

目を見開いて、彼は言う。

「まいてません」

もう一度、彼は繰り返した。

私は半信半疑だった。

なにしろ彼は、人のためなら平然と嘘をつく。私の左手に指輪をはめて、合田さんを追い払ったときと同じように。

「それより、あと十五分くらいで昼食ができますよ。食べられます?」

「食器だけ片付けてきます!」

もう一度私はプランターを見た。

柔らかな緑色のたくさんの双葉。

七年の眠りから覚めたのか、新しい種が発芽したのか、真相は謎のまま。

でも、いいのかもしれない。川端さんが新しく種をまいたのだとしたら、それはそれで意味のあることだ。

おじいさんの残したものとは別の新しいものを、彼が持ってきた。成功の種を、彼は自分でまいた。

それを表すように、出店の翌日から、彼は私が名前を知らない料理を作るようになった。

肉と白いんげん豆の煮物とか、トマトクリームっぽいソースの上にのった焼き魚とか。

おそらく、彼がかつて東京で作っていた料理なのだろう。

食べ慣れていない私は、「初めての味だけどおいしい！」くらいしか言えない。

でも彼は、他人の舌と鼻を使うことを覚えたのだ。味覚と嗅覚がすぐに戻らなくても、いつか信頼できるパートナーを見つけたら、その人がきっと彼を助けてくれるだろう。

そのときまで、ホテル一階のレストランは彼を待っている。

# エピローグ

夏のクッキー缶が完成した。

焼き菓子だけで夏を表現した、夏仕様。目にも涼やかな詰め合わせ。

定番のレモンクッキーは、ピスタチオを振り、アイシングにアンティークのような風合いを出したところはいつもと同じだけど、並べるとアイシングが白から黄色へグラデーションになっている。

マカダミアナッツのクッキーは塩を利かせて、缶の中のアクセントに。ショートブレッドは、表面にちりばめたラベンダーが涼しげで、味にも鼻へ抜けるような清涼感がある。

白と淡い水色の二色を取り混ぜたムラングは、サイダー味とミント味。

二度焼きした生地のザクザク感と中央にあしらったジャムのレトロなデザインが可愛らしいロシアケーキは、青梅のグリーンとプラムのオレンジの二種類。

そして小花菓子店のアイコンとも言えるアイシングクッキーは、グリーンをベースに白でつる草文様をほどこした。

中身はグリーン、水色、黄色をベースにした、明るく爽やかな印象。「小花菓子店」のロゴを入れた半透明の包装紙をグリーンの缶に巻いた、その外観も美しい。

頼子さんが漬けていた青梅に、典子さんが炊いていたプラムのジャム。真喜子さんからもらった色の移り変わりが美しい和菓子に、矢吹さんから聞いたつる草のたくましさ。

ホテル・ヴォーリズですごした三か月。その思い出を集めたような詰め合わせになった。

⚘

冷蔵庫がいっぱいになる夏、お部屋の中に置いておいても涼しげでおいしい。それをアピールしたおかげもあるのか、夏のクッキー缶には大きな反響があった。やっぱり見た目の美しさとSNSは相性がいい。良くも悪くも。

予想していたよりもたくさん注文が入って、「お盆に間に合うように発送」の枠は、すぐに埋まった。お盆後の枠も順調に埋まって、「この調子なら、イートインの赤字はカバーできるかも！」と最初は喜んでいた。

しかし、「小花菓子店」が夏を迎えるのは、今年が初めてなのだった。

つまり、夏の日々がどういうものになるか、予想ができていなかった。

夏休みはホテルのお客さんも多く、慌ただしい。自室で根を詰めて菓子店の事務作業をしていたら、水分を取るのを忘れて軽い熱中症みたいな症状も出た。数日間不調を引きずっているうちに、進捗が危うくなってきて、ついに私は音を上げた。

「お願いします、助けてください。このままだとお盆に間に合わない！」

ホテルの休日、川端さんに泣きついた。

彼は料理の技巧をしっかり身につけているから、別のジャンルの初めてやる作業でも、とにかく話が早いのだ。

単純なアイシングの一色塗りや、ピスタチオやラベンダーのトッピングなんかは、見本としてやり方を見せると、細かい説明をしなくても忠実に再現してくれる。クッキーを詰めるのも手早く丁寧で、安心して任せられる。

おかげで私は、クッキーを焼くことと、細かいアイシングの作業に専念することができた。

「あの、ちゃんと時間を記録してくれてますか。オプションの料金請求してくださいね」

厨房の作業台で、缶に包装紙を巻きながら私は言った。

人を雇った分、出費は増えるけれど、お客さんの信用には代えられない。

向かい側で作業していた川端さんは、顔を上げて私を見た。

「お金はいいですよ。今日はホテルが休みなので、スタッフとしてではなく友人としての手伝いです。その代わり、一つ、僕の言うこと聞いてくださいね」

「え、怖い。嫌です。お金で解決させてください」

警戒して言うと、川端さんは笑った。

「いつか、僕が困ったときに助けてくれればいいんですよ」

お盆前の八月七日に何とか発送を終え、私は晴れ晴れとした気分で配送会社を出ることができた。

帰り道、お堀端の石畳で立ち止まり、深々と川端さんに頭を下げた。

「ありがとうございます、助かりました。信用を落とさずに済んだし、あのクッキー缶はここにいた三か月の集大成です。高島に帰る前にヒット作が出てよかった」

アルバイトを始めたのが繁忙期の最中である四月の終わり。次の繁忙期である七月末から十月末を乗り越えたら、高島に帰るという話になっていた。

「あと二か月半、よろしくお願いします！」

元気いっぱいに私が言ったら、川端さんは不思議そうな顔をした。

「え、帰れると思ってるんですか？　同じ料理人だからって僕を引き戻して、そのままにして？」

真顔で言われて、私は彼の顔を見返した。そのまま、じりじりと後ずさる。

「冗談ですよ」

いつもの王子様みたいな顔で、川端さんは微笑む。

でも、「アフタヌーンティー7／23」の出店以来、おいしいおいしいごはんを私に食べさせながら、彼は料理の名前や使っている調味料について毎回説明した。

なんだか私に覚えさせようとしているみたいで、気になるのだ。

※

朝十時すぎ。ベーカリーが店じまいしたあとのレストランスペースで客席に座り、矢吹さんがステンドグラスの柄を指さす。

「たとえばさあ、この葡萄。葡萄ってうまいよね。あれ、なんでうまいと思う？」

まだ若いベーカリーの四代目は、テーブルの向かい側で短く答える。

「品種改良したから」

矢吹さんが手を打った。

「正解！　……なんだけど、もともとうまいのをさらにうまくしたり、種類を増やしたりするのが品種改良。葡萄はもともとうまい！　それは、動物に食わせて、中の種を運んでもらうため！　種だけ見せても誰も手に取ってくれないから」

矢吹さんお得意の講談のような弁舌。

厨房から出てきた典子さんが、ふふっと笑みをこぼした。

「甘い果実で釣って、種を手に取らせる。同じ！　君の売りたいものは、まだ価値が知られてない商品。だから、これだけ売っても人は来ない。すでに信頼がある、お父さんのパンで呼んで、店に来てもらう。──嫌な顔しない！　店に来たお客さんは、そこで初めて君のパンを知るわけでしょ。本店とは別に、ここで店をやる意味って、そこじゃない？」

客室に行ってきます、と典子さんが私にクリップボードを手渡した。

引き渡しのチェックは済んでいて、後は四代目にサインをもらうだけだ。

この夏休み、典子さんは実家からホテル・ヴォーリズに通って、私と同じ仕事をしている。一か月だけ、朽木さんと別居して、「キッチン　今日だけ」のいろんなお店を間近で見て学ぶのだそうだ。

「娘さんの学費は大丈夫なんですか？」と心配になって私は尋ねたのだけど、朽木さんの「払わないぞ！」という脅しに「わかりました」で応じたら、彼のほうが取り乱してパニックに陥ってしまったのだという。動揺する彼を置いて出てきたので、その後のことはわからないけれど、典子さんが娘に電話してみても、異変はない様子。

一か月、距離を置いてまた話し合うのだと、典子さんは言った。

「健くんの言う通り、始めちゃえば、後はもうやるしかないのかも」

体力づくりのために、まずは朝の散歩から始めたそうだ。

たくましくなりつつある彼女なのだった。

「こんにちは〜！」

典子さんと入れ替わるようにして、レストランに入ってきた女性が二人。

事前に見学の予約を入れてくれていたお客さんだ。

ひらひらと手を振ったのは、一重の目と揺れるピアスが色っぽい御法さん。

「こんにちは、ご無沙汰してます！」

声を弾ませた私に、御法さんがもう一人の女性を紹介する。

「サークルの友だち。見学したいっていうのはこの子」

「菊地《きくち》です、よろしくお願いします」

「初めまして。小花です。『キッチン　今日だけ』のアルバイト、兼、出店者です」

ベーカリー四代目が「じゃあまた」と慌てて立ち上がる。

クリップボードを矢吹さんに預け、私は女性二人を別の客席にいざなった。

椅子に座る前に、御法さんが私に向かって紙袋を差し出す。

「これ、青森のおみやげ。みなさんでどうぞ」

「わあ、ありがとうございます。……青森、どうでした？」

御法さんは、ふうと大きな息を吐いた。

「遠いね、青森は」

それから口の端を上げてみせた。

「でも、毎週オンラインで話はできるし。実際に会うと、ハッピー。いろいろチャージされた感じ」

彼女の笑顔が満ち足りたものだったから、安心する。

「いやー、お待たせしました。ホテル・ヴォーリズ支配人の矢吹です！」

合流した矢吹さんが座り、挨拶を交わす。

促されて菊地さんが希望を話しはじめる。

カフェが大好きであること。お気に入りのカフェが閉店してしまったので、あの店に近いムードをいつか自分で再現したいと思っていること。御法さんから写真を見せてもらって、このレストランの意匠が気に入ったこと。秋にふさわしい、しっとりと落ち着いたカフェを一度自分でやってみたいこと……

いくつか確認した後で、矢吹さんが姿勢を正した。

「承知しました。お客様の夢のお店の実現のため、スタッフ一同、精一杯サポートいたします！」

矢吹さんの宣言に続き、私も頭を下げる。

そうしてまた、一日だけの夢のお店が、新しく動きだす。
今日の朝はベーカリー、昼はイタリアン、夜は定食屋。
明日の朝は喫茶店、午後からはかき氷カフェ。
毎日ちがうお店が、ここで出会いを待っている。

〈了〉

<初出>

本書は書き下ろしです。

この物語はフィクションです。実在の人物・団体等とは一切関係ありません。

【読者アンケート実施中】

アンケートプレゼント対象商品をご購入いただきご応募いただいた方から抽選で毎月3名様に「図書カードネットギフト1,000円分」をプレゼント!!

https://kdq.jp/mwb

パスワード

6newt

■二次元コードまたはURLよりアクセスし、本書専用のパスワードを入力してご回答ください。

※当選者の発表は賞品の発送をもって代えさせていただきます。 ※アンケートプレゼントにご応募いただける期間は、対象商品の初版(第1刷)発行日より1年間です。 ※アンケートプレゼントは、都合により予告なく中止または内容が変更されることがあります。 ※一部対応していない機種があります。

メディアワークス文庫

# キッチン「今日《きょう》だけ」

十三《とさ》 湊《みなと》

2023年11月25日　初版発行

発行者　山下直久
発行　株式会社KADOKAWA
〒102-8177　東京都千代田区富士見2-13-3
0570-002-301（ナビダイヤル）
装丁者　渡辺宏一（有限会社ニイナナニイゴオ）
印刷　株式会社暁印刷
製本　株式会社暁印刷

※本書の無断複製（コピー、スキャン、デジタル化等）並びに無断複製物の譲渡および配信は、
著作権法上での例外を除き禁じられています。また、本書を代行業者等の第三者に依頼して複製する行為は、
たとえ個人や家庭内での利用であっても一切認められておりません。

●お問い合わせ
https://www.kadokawa.co.jp/（「お問い合わせ」へお進みください）
※内容によっては、お答えできない場合があります。
※サポートは日本国内のみとさせていただきます。
※Japanese text only

※定価はカバーに表示してあります。

© Minato Tosa 2023
Printed in Japan
ISBN978-4-04-915232-6 C0193

メディアワークス文庫　https://mwbunko.com/

本書に対するご意見、ご感想をお寄せください。

**あて先**
〒102-8177　東京都千代田区富士見2-13-3
メディアワークス文庫編集部
「十三 湊先生」係

# かくしごと承ります。
## ～筆耕士・相原文緒と六つの秘密～

十三湊

## 文字には“想い”と“謎”が込められている

筆耕士、相原文緒。彼女の仕事は、卒業証書や招待状の宛名などを、毛筆で書くこと。

内気で真面目な文緒は、憧れの先生・都築尚之から請け負った数々の仕事を丁寧にこなしていく中で、文字にまつわる不思議な謎に、しばしば遭遇するのだった……。

文字。そこには、使う人の“想い”はもちろん、長い歴史に培われた知られざる“秘密”も潜んでいる——。

文豪たちに愛された静岡県三島を舞台に繰り広げられる、インテリジェンスあふれたミステリーを、ご堪能あれ。

メディアワークス文庫

# 成巌寺せんねん食堂
## おいしい料理と食えないお坊さん

十三 湊

十年ぶりに帰省したら
幼馴染みが美僧侶に——

長年勤めた小さな会社を退職した千束。部屋の掃除をすませ、鼻歌を歌いながら料理でも作ろうと考えていたとき、スマホが鳴った。

実家の父から、祖父が倒れたと聞き、慌てて北陸の実家に戻る。そこは名刹・成巌寺の仲見世で、三百年以上続く精進料理屋「せんねん食堂」。

寺と食堂を巡る騒動に巻き込まれた千束は、イケメン僧侶となった幼馴染み、清道&隆道兄弟と再会する——。

人気シリーズ『ちどり亭にようこそ』の十三湊による愉快痛快な新作、登場！

メディアワークス文庫

# ちどり亭にようこそ

十三 湊

既刊4冊発売中！

**京都のお弁当屋を舞台に繰り広げられる**
**美味しくて心温まる人情ドラマ！**

ここは、昔ながらの家屋が残る姉小路通沿いに、こぢんまりと建っている仕出し＆弁当屋「ちどり亭」。

店主の花柚さんは二十代半ばの美しい人で、なぜか毎週お見合いをしている。いつも残念な結果に終わるらしいんだけど、どうしてなんだ？

「結婚したいんですか？」と尋ねると「お見合いがライフワークなの」と答える彼女。

うーん、お茶目な人だ。

そんな花柚さんが作る最高に美味しいお弁当は、とても人気で、花柚さんもバイトのぼくも毎日、朝から仕出しや弁当販売で大忙し。

あ、いらっしゃいませ！　どのお弁当にしますか？

メディアワークス文庫

メディアワークス文庫

発行●株式会社KADOKAWA

# 時かけラジオ
## ～鎌倉なみおとFMの奇跡～
成田名璃子

**未来の人、お電話ください――。**
**時を超え、人をつなぐ奇跡のラジオ。**

　ローカルラジオ局「鎌倉なみおとFM」の最終番組は22時で終了する。だけどなぜか時々、23時から番組が流れる夜があり、それは1985年を生きるDJトッシーによるもので――。

　親友の婚約を素直に祝うことができない「三回転半ジャンプさん」、母親の再婚相手と距離を置いてしまう小学生「ラジコンカー君」……真夜中のラジオが昭和と令和をつなぐ時、悩める４人のリスナーと、そしてきっとあなたに、優しい波音が聞こえてくる。

　聴き終えた後、心の声に耳を傾けたくなる不思議なラジオ。

『東京すみっこごはん』『今日は心のおそうじ日和』の著者・成田名璃子、新境地！

メディアワークス文庫